公元787年，唐封疆大吏马总集诸子精华，编著成《意林》一书6卷，流传至今
意林：始于公元787年，距今1200余年

意林轻文库

青春最美，梦想出发

中国式好看轻小说优鲜品牌

意林轻文库 绘梦古风系列 039

雁妃传奇
（一）「谜」宫
YanFei ChuanQi Yi MiGong

西西东东/著

北方妇女儿童出版社
·长春·

图书在版编目（CIP）数据

赝妃传奇 .1，"谜"宫 / 西西东东著 . -- 长春：北方妇女儿童出版社，2017.10
（意林·轻文库 . 绘梦古风系列）
ISBN 978-7-5585-1564-4

Ⅰ.①赝… Ⅱ.①西… Ⅲ.①长篇小说 - 中国 - 当代 Ⅳ.① I247.5

中国版本图书馆 CIP 数据核字 (2017) 第 234841 号

赝妃传奇（一）"谜"宫
YANFEI CHUANQI(YI)MIGONG

著　者	西西东东
出版人	刘　刚
总策划	安　雅　张　星
特约策划	师晓晖
责任编辑	吴　强　周　丹
图书统筹	鹿鸣昔
特约编辑	崔馨予
绘　图	天　吟
书籍装帧	胡静梅
美术编辑	赵艳红
作家经纪	卢晓凤
开　本	700mm 000mm 1/16
字　数	300千字
印　张	11.5
版　次	2017年10月第1版
印　次	2017年10月第1次印刷
印　刷	北京市兆成印刷有限责任公司

出　版	北方妇女儿童出版社
发　行	北方妇女儿童出版社
地　址	长春市人民大街4646号
	邮编：130021
电　话	0431-85678573

定　价　25.00

版权所有　侵权必究

如发现印装质量问题，请与印务部联系退换，电话：010-51908584

目录

第一章　真假太后　001

第二章　真假恩人　033

第三章　真假父子　075

第四章　真假情意　111

第五章　真假龙种　129

我永远不会忘记初见商少君的那个夜晚，隆冬，雪降。

——白穆

第一章 真假太后

第一章 真假太后

（一）出世

又下了整整一日的雪，绵延不断，掩尽了深宫中的迤逦华光。尽管一直有宫人忙于扫雪清路，朱雀宫外的雪仍旧积得极快，碧朱回来时一脚深一脚浅，走得有些困难。

她撑了把伞，两颊被寒风吹得发红，在一片雪白的映衬下，如秋日的红枫一般。

"你们怎么还在这儿？"她扫了眼跪在殿前的两名宫女，皱眉。

这样大的雪，不过一个时辰，两个人都快成雪人了。

那两个人在雪地里瑟瑟发抖，也不知是冻得没了说话的力气，还是当真无话可说，沉默地跪在原地一动不动。

碧朱剜了二人一眼，也不再多说，收了伞便入殿了。

殿中暖和，粘在发上的雪花瞬间就化成水。碧朱探头探脑地左右扫了几眼，见没有旁人，便唤道："阿穆？"

没有人回答。

碧朱也不在意，继续道："阿穆，你前几日还说要出去做雪人，喏，你去瞧瞧，不用你动手，门口就有两个现成的。"

殿里这才有了动静，是清脆的书页翻动声。

"朱雀宫都有几个月没生人来了，不都说是冷宫吗？难得有人惦记。"里间随之传出一声嗤笑。

碧朱倒了杯茶端进去，冷哼道："最近宫里关于你失宠的传言的确是越来越多，可她们背后偷偷嚼你的舌根也就罢了，还敢在太后宫里冷嘲热讽，也不瞧瞧自己什么身份。"

里间更为暖和，但矮榻上的女子仍旧蜷在狐裘里，清秀的面上染着桃红，瞟了一眼碧朱笑道："她们嚼我什么了？"

"还不是那些。"碧朱撇嘴。

宫中人就是嘴碎！她们入宫都一年有余了，那些人明里笑暗里骂，来来回回那么几句话、几件事，说了多少遍居然都不腻歪。

白穆似乎已经习惯，眼都未抬，接过茶，继续盯着书本问道："哪里的宫女？太后罚的？"

碧朱就势在她对面坐下："芙蓉宫的呗，还有哪里的宫人那样大胆？说是今早淑妃去太后宫里请安，那两位便在后花园里嚼起劲了，没承想皇上也在，被逮了个正着。"

碧朱幸灾乐祸："皇上当即就罚她们受掌掴五十，到朱雀宫请罪。正好今日这样大的雪，不成雪人才怪。这下才好，看她们谁还敢说你失宠了！"

白穆盯着书本的眼神凝了凝，似在想些什么，不一会儿，她放下手里的茶，合上书本，披着狐裘便起身。

"让她们多跪跪，也要不了性命。"碧朱在白穆身边已久，自然知道她想干什么，想到平日里芙蓉宫那些人的嚣张模样，便跟在白穆后面嘟囔。

白穆仿佛不曾听见她的话，一面往外走，一面道："带她们进来看看吧。"

两名宫女本就面上红肿，在寒风中一吹，竟僵硬得有了黑灰之气。身上的雪在入殿之后开始融化，湿了一身，滴滴答答地落在地上。

"娘娘，奴婢……奴婢知罪……"两个人哆哆嗦嗦的，声音微弱而沙哑，磕头也磕得不太稳当，"奴婢……奴婢再也不敢了……"

白穆端坐在外殿主座上，白色的狐裘衬得面色净白，平添几分淡漠。她垂眸摆弄手中的茶杯，不发一语。

两个人磕头磕得此起彼伏，哭声愈加凄然。

半晌，白穆才叹口气，抬眼道："怎么称呼二位？"

两个人皆是一怔，小心翼翼地扫过白穆，马上答话。

"奴婢梅兰。"

"奴婢菊白。"

白穆望着她们，眨了眨眼，缓缓颔首道："哦，梅兰、菊白，你们今日说本宫什么了？"

梅兰、菊白身子一僵，抖如筛糠。

"本宫没那么可怕吧？"白穆微微笑道。

"奴婢不敢！"二人齐声道。

"本宫就是想听一听……你们说了就算赔过罪了，本宫马上放你们回芙蓉宫。"白穆仍是微笑。

见二人仍旧不语，她叹了口气，无奈道："那你们还是出去跪着吧，什么时候皇上想起来朱雀宫了，你们再起来。"

二人闻言，脸色一变。

宫中谁不知道，皇上已有半年不曾踏足朱雀宫，这样冷的天跪在殿外，不过今晚都能要了她们的性命……

梅兰身子较为细弱，胆子倒是大一些，忙道："娘娘，娘娘……奴婢说娘娘，说娘娘仿丞相独女之姿入宫，为了讨皇上欢心，不惜更名改姓，才……才坐上了贤妃之位……奴婢知罪！奴婢知罪！"

是了，自己现在是贤妃柳如湄，得宠全凭一个"如"字。

早前，当今圣上和丞相之女柳湄青梅竹马，两情相悦，外界盛传如今的贤妃与柳湄有几分相似才得以被丞相收为义女，更不惜改名"柳如湄"入宫以悦圣心。

这样的过往，若是发生在自己身上，也必然不愿旁人提及。梅兰边说边哭，当下连连磕头。

不料白穆只是抿了口茶水，不解地望着她道："何罪之有？"

梅兰惊诧地看住白穆，全身抖得更加厉害，也不知是冷的，还是怕的。

白穆轻轻一笑，眸子里泛着水色似的："本宫的确是因为柳湄才入宫，也的确改名柳如湄，皇上也的确是甚为欢喜……说的倒是实话。"

白穆这样直白地承认，让梅兰一时失神，连尊卑都忘了，惊异地盯着她。

白穆却是转而看着菊白。

菊白忐忑地看了一眼梅兰，犹疑道："奴婢……奴婢说娘娘为了入宫抛弃……抛弃未婚夫婿，结果……结果还是……还是失宠后宫，活……活该……"

菊白一边说着，一边悄然看向白穆，见她眼神滞了一滞，忙磕头哭道："奴婢……奴婢知罪！奴婢再也不敢了，再也不敢了！"

白穆却是笑了笑："虽然略有偏颇，倒也不错。"她扬了扬眉，转而看着梅兰："没别的了？"

"还说……还说……"梅兰见她不像生气的模样，壮着胆子道，"说娘娘从前恃宠不去太后宫里请安也便罢了，如今皇上……皇上几个月不到朱雀宫，娘娘……娘娘您还是不去，实在……太……太没规矩了……"

其实梅兰还骂了一句"果然是乡野粗妇"，但她胆子再大，也是不敢当着白穆的面说出来的。

白穆眨了眨眼，似乎恍然大悟："原来如此啊！"

梅兰与菊白瑟瑟地对视一眼，二人入宫已久，眼前这位贤妃娘娘的传闻听了无数，却从未与她正面相对过。只听闻她性子诡异，喜怒难测，半年前皇上在朱雀宫龙颜大怒，这里便状如冷宫，她也足不出户。

此时她这般反应，二人只觉得当真是诡异非常……

"你们回去吧。"白穆放下茶盏，扫了二人一眼，也看不出喜怒，起身边走边说道，"阿碧，给她们拿一身衣裳换上，外头那么冷，湿淋淋地回去，该着凉了。"

二人未料到白穆竟这样轻易便放她们走，顶着红肿的脸颊，愣愣地看着她的身影消失在外殿才反应过来，连连磕头谢恩。

碧朱显然不太愿意，言语上却未表现出来，乖巧地俯身称是。

待她不情不愿地送走那两个人，再回来时见白穆已经换了身厚重些的衣裳，还特意补了妆，一副要出门的模样。

不等她问出口，白穆已道："阿碧，我们去一趟仪和宫。"

仪和宫正是太后宫殿。

没有外人在场时，碧朱对白穆向来随便，想到刚刚梅兰的话，愤然道："阿穆，你管其他人怎么说做什么？"

白穆笑着扫她一眼，道："依着淑妃的性子，可会由着她宫里的人在我这里跪上一个时辰？"

碧朱皱眉想了想："是有些奇怪，换作从前，半个时辰不到就来要人了，莫不是这半年改性子了？"

白穆笑着摇了摇头，抱着暖手炉往外走。碧朱拿着狐裘跟上，闷声道："如果淑妃故意让她的宫女说这些话，我们就该偏偏不如她所愿啊，还眼巴巴地往太后宫里跑什么？"

"罚她们的，可不是淑妃。"

白穆正好打开殿门，冷风夹杂着风雪直灌而入，碧朱忍不住打了个寒战，心中暗暗一惊：是皇上在暗示阿穆去太后宫里？

大雪仍旧片片落下，比春日里的柳絮多了几分厚重，将金碧的皇宫掩藏在一片雪白下。雪地里两个身影不疾不徐地穿过宫道，引来宫人驻足，有些俯身行礼，有些滞在原地，不知所措。

众人皆知，"柳如湄"入宫那个冬日，也是这样的大雪，连绵三日。

时值新帝登基之初，后宫空无一人。而这位后宫第一女子，由新帝亲自接入宫中，短短一月即晋升妃位，前无古人，夜夜承宠独占后宫，恐怕也是后无来者。

朝中大臣纷纷进言，连太后都看不过去，将选秀之期提前三月，才打破后宫独贤妃一人的局面。而秀女纷纷入宫，后宫渐渐热闹，随之各种流言四起。原来贤妃不"贤"，竟容不得其他女子分宠，日日与皇帝争吵，终于在半年前惹得龙颜大怒。

自那之后，贤妃宫中虽然仍旧封赏不断，皇上却不再过去。而贤妃不知悔改，断然称病，闭门不出。

却不想，这样一个风雪交加的日子，她重新出现在众人眼前。与从前一样浓艳的面妆，厚重到看不清脸上的表情；与从前一样清冷的阵仗，只有一名宫女相随；也与从前一样目不斜视，径直站到了仪和宫前。

白穆自认循规蹈矩，恪守本分，倒从未想过自己的举动会引来那么多侧目。她不出门，因为没必要；她浓妆，因为有人喜欢；她只带着碧朱，因为只有阿碧能说上话；她目不斜视，因为……

宫路难行啊。

仪和宫前的雪被扫得干干净净，两枝白梅探出脑袋，白穆走过时，积雪站不稳枝头，带着沁香的梅花瓣一并落下。

不等白穆说明来意，守在外头的掌事宫女已经俯身行礼，并道："娘娘请稍等，奴婢这就进去禀报。"

白穆不着痕迹地扫了扫站在外面的几名宫女，不过片刻，刚刚那宫女便出来引她进去，轻声低语道："娘娘这个时辰来，太后近日身体不适，刚刚歇下了，又怕娘娘在外久等，所以……"

白穆轻轻"嗯"了一声，示意她明白。

入得寝宫，太后果然还未起身，姿容不整，便隔着屏风见白穆。

白穆带着碧朱行完礼便安静地坐下。太后轻咳几声之后便笑着道："孩子，半年不见，竟是越发娴静了？"

白穆垂眼，轻声道："如湄谨遵母后教导，不敢有半分行差踏错。"

太后低笑了一声，似有些许宽慰："果然长进多了。"

"谢母后夸奖。"说话间，白穆又默默扫了守在寝殿里的宫人一眼。

"你既是主动来见哀家，可是想明白了？"太后的声音带着明显的病后的沙哑。

白穆沉默许久，才缓声答道："如湄明白，宫中唯有母后是真心实意待如湄好。"

碧朱本是低眉顺眼地垂首站在白穆身后，此刻忍不住抬眼，并不着痕迹地扯了扯她的袖子。

早在半年前，太后就有意拉拢，白穆这样说，岂不是同意与太后一伙了？

太后果然欣然笑了："难得你乖巧懂事。你既想明白了，想必皇帝也很快会想明白。"

白穆没有答话。太后顿了顿，又道："哀家也乏了，你先回去吧。宫里头那些闲言碎语你不必放在心上，哀家不在意。"

"如湄不孝，谢母后抬爱。"白穆柔声行礼，再次扫了寝殿一眼，带着碧朱退下。

两个人从仪和宫出来，到了僻静无人处，碧朱忍不住在白穆身后轻声嘀咕道："阿穆，太后说什么皇上很快会想明白，也以为你跟其他人一样，为了争宠才去找她呢。"

白穆拢紧了狐裘，垂着眼若有所思。

碧朱继续道："而且阿穆，你刚刚那样说……万一老爷知道了……"

碧朱所说的老爷，便是当朝丞相柳轼。

当年白穆入宫，凭借的是丞相义女的身份。碧朱是从小长在丞相府的丫鬟，与白穆一道入宫，因此称柳轼为"老爷"。如今朝廷局势并不明朗，从前太后就几番暗示白穆，她到底只是"义女"，丞相大人是靠不住的，更何况，一入宫门深似海，宫外那个"靠不住"的，怎么比得上宫里"真心"待她好的？

宫中人向来是话中有话，刚刚太后那样问，白穆那样答，等于选了阵营。

白穆的眉头微微蹙起，仍旧是若有所思的模样，不曾答话。

雪花扑簌落下，散在她肩头也不见融化，偶尔几片飘落在她的长睫上，停歇成花白色。良久，碧朱忍不住，再次低声道："阿穆，你明知道，如果答应了太后，你在宫中……"

白穆突然顿住，打断了碧朱的话，握着她的手道："阿碧，刚刚的太后，恐怕并不是太后。"

（二）复宠

碧朱惊讶地捂住了嘴，不可置信地将声音压得更低："阿穆，你……怎么知道的？"

白穆这句话是肯定句，异常肯定的口吻，碧朱从来不会怀疑她。

白穆拉着她边走边道："你忘了我是凭借什么入宫的了？"

碧朱咬住唇，神色严肃地跟在白穆身后。

无论是"柳如湄"的入宫，还是"柳如湄"的得宠，都是因为丞相之女——柳湄。

柳湄貌美，当年邻国东昭裕王来访，对她一见倾心，亲自向先皇求亲，奈何她与当时的太子、如今的皇上已有婚约，裕王含恨离去；柳湄多才，国宴之上七步成诗，惊艳全场，当朝状元自叹弗如；柳湄多艺，一支《流芳曲》广为流传，名扬五国；柳湄还贞烈，与太子大婚前夕意外遭袭，不愿受辱，跳下万丈悬崖尸骨全无。

柳湄是皇上的青梅竹马，也是碧朱自小服侍的小姐。

柳湄已死，"柳如湄"入宫，她便随侍左右。

外头的人都以为，"柳如湄"入宫得宠，要么与柳湄模样相似，要么与她身段相似，再要么，与她性子相似。

其实不然，白穆只是擅仿。

她能将柳湄的一颦一笑仿得毫无破绽。即便长着完全不同的脸，她仿起柳湄来，举手投足，甚至说话的语气神态，只会让人觉得是柳湄换了副躯壳，而不是旁人在刻意模仿。加之侍女碧朱善于上妆，妆后的白穆，和柳湄宛如一胞双生，眉眼酷似。

"我既仿得了旁人，有人在我面前作假，我又怎会辨不出来？"白穆嗤笑。

今日那个人倒也装得真切，起初她只觉得不对劲，却未想过那个人并不是太后。方才仔细想想，仪和宫的宫女今日尤其少，若她没记错，都是太后的心腹，一个两个心不在焉，神色略有慌张。那"太后"的嗓音倒真是病了似的沙哑，但寝宫中没有丝毫药香味，且向来与太后形影不离的莲玥姑姑不见踪影……

若她猜得不错，冒充太后的人，便是莲玥了。否则不会那么清楚太后的言语习惯，也不会知晓她与太后曾经说过的话。

那真正的太后呢？遇害？不可能。有意避而不见？没必要。

唯一的可能，便是她根本不在仪和宫，且，不想让旁人知道。

那么……

白穆有些微好奇,太后去了哪里?那个人百般周折地引她过去撞破这件事,又是为了什么?

"太后"说皇上也很快会想明白,白穆都没想到,他就真的"想明白"了,而且那个"快"字,竟会是这样快。

傍晚时分她才去过仪和宫,刚刚入夜,清冷了半年的朱雀宫便热闹起来。

碧朱红扑扑的小脸掩不住笑意,快步入殿喜道:"阿穆阿穆,刚刚陵公公来报,皇上晚上会过来!"

白穆略有些意外,却也只是放下手中的书卷,问道:"桂花凝露可还有?"

碧朱见她兴致缺缺,笑意也散了些,点头。

"洒点儿吧。"

碧朱自然知道这是她家小姐柳湄最喜的香味,当初白穆入宫,皇帝赏下来的一应吃穿用度都是照着小姐所喜来的,就连她这个随身丫鬟,也因为曾经跟着柳湄,如今跟了"柳如湄"。

虽然跟着白穆的时日较短,但碧朱自认还是很了解她的。只是近来她变得有些看不清了……譬如此时,从前她不会主动用小姐爱用的香。

"阿碧,想什么呢?"

碧朱的额头被白穆的手指点了点,回过神来才见到她正对着自己笑,两眼弯起,清透得如同碧波湖里的湖水,又变成自己熟悉的阿穆了。她心下松了口气,正要转身,却被白穆叫住:"我今日的妆可还妥当?"

碧朱连连点头,望着她忍不住道:"阿穆,你这个样子……可真的越来越像小姐了。"

白穆一怔,随即笑道:"你给我上的妆,当然越来越像。"

碧朱瘪了瘪嘴,她想表达的不是这个,但她也说不清到底想表达什么,只好不再说,出去拿东西了。

白穆换好了衣裳,保持着妆容,等到昏昏欲睡也不见人来,正打算让碧朱熄了宫外的灯笼歇息算了,宫人的唱到声便到了。

"皇上驾到——"

白穆恭顺地行礼迎接,只听那个人一声"退下",朱雀宫为数不多的宫人便一瞬间退了个干净。

没得他的旨意,白穆没有起身,甚至头也没抬,半蹲着看到他明黄色的袍子越来越近,就快到眼前时,却突然一个折身,往书桌边去了。

接着是沉默,安静,无以言状地安静。

白穆那一礼行得双腿发麻,腰肢酸痛,心道早知行个大大的跪礼,也比这么半蹲着舒坦。

许久,她觉得下一瞬她就该摔倒了,在座那个人突然轻笑,声音如浅水一般,道:"你那性子倒是磨没了。"

"从前是臣妾无知,不识君臣之礼,还请皇上恕罪。"白穆像是酝酿已久,迅速答道。

那个人似乎有些意外,拉长了语调道:"哦?皇上?不叫朕'商少君'了?"

白穆答道:"皇上圣名,臣妾不敢亵渎。"

商少君嗤笑出声,突然转了话锋:"据朕所知,爱妃大字不识,摆了这么些书,不知做给谁看呢?"

殿内响起书页翻动声,白穆默了默,方道:"闲来习字打发时间。"

"这是在怪朕半年不曾来看你?"

"臣妾不敢。"

又是半晌的沉默,商少君终于道:"起来吧。"

白穆紧绷的身子这才松了松,正要站直双腿,脚下一麻,身子往侧边一歪,一个不稳差点儿摔倒。

她也的确摔倒了,尽管商少君已经到她身前,但他并未伸手拉她。

白穆跌在地上,仰首间便看入商少君那双沉墨似的眼里。

沉如寒潭,深不见底,噙着星点笑意,带着戏谑,漫不经心地望着她。

半年不见,商少君,还是商少君呢。

这个登基将将一年的年轻帝王,有着天生的王者之姿,睿智的头脑,狠厉的手腕,深沉的心思,出众的外表,在时光的洗涤磨砺下,愈加盛气凌人。

白穆垂下眼,调整呼吸站起身,再次行礼道:"臣妾失礼。"

商少君又近了两步,突然伸手抬起她的脸,睨着她,似要看入她眼底,道:"看来半年时间,爱妃学会了不少。"

"半年前皇上训诫,一字一句,臣妾铭记于心。"白穆只是垂眸道。

商少君低笑:"哦?那你是谁?"

"臣妾贤妃柳如湄。"

商少君扬眉:"身为柳如湄,该做些什么?"

白穆轻轻推开商少君的手,不动声色地转身,坐在琴案前,素手抚琴,情意满满地凝视商少君。

琴声如水落湖心,婉转清灵,余韵悠扬,徐徐入心。

《凤求凰》,当年的太子殿下与才女柳湄的定情之曲。

一夜之间,表面平静无波的皇宫暗潮涌动。

贤妃柳如湄,弃祖求宠,弃夫求荣,凭帝王对已故至爱柳湄之情,承宠半年,后恃宠生骄,跋扈不可一世,失宠半年。再凭一曲《凤求凰》,邀宠复位。

多年后的商洛野史册上,关于白穆的记载有这样一笔,注曰:赝妃。

而昭成帝少君,年少有成,治国有道,收疆拓土,大显国威。后宫佳丽无数,独念青梅柳湄一人,视贤妃为其替代者,百般纵容千般宠爱。注曰:痴帝。

一连五日,贤妃一改常态,日日去仪和宫请安。只是与其他嫔妃不同,她时而早晨去,时而傍晚时分才过去。宫中人对她出格的举动屡见不鲜,再加上她重得圣宠,也没人敢说什么。

白穆本是想再看看太后那里到底藏了什么玄机,哪知几日下来却越来越迷惑。除了第一日,这几日太后一直都在,无论她何时到仪和宫,她都出面相见,今天也是一样。

她一如既往地慈祥,从容地饮着茶,岁月在她面上沉淀下来的,只有一股无形的傲人气度。

但今日嫔妃们退下后,她将白穆留了下来。

宫中只剩下几个人,白穆和碧朱,太后和身边的莲玥。

太后徐徐看了白穆一眼,微笑道:"孩子,你这几日连连来哀家这里,可是有事想单独与哀家说一说?"

白穆初入宫时,商少君就替她说话,免了每日到仪和宫的请安。那时她也不太懂这些规矩,因此与太后相处的时日,可说是屈指可数的。

但白穆都觉得稀奇,她们仅仅见过几次而已,太后却仿佛与她认识许久一般,说起话来熟稔有余,且不让人反感。

"如湄从前不懂规矩,如今知错,万万不敢再像从前那般了。"白穆低眉道。

太后轻笑:"难得皇上这点儿小事都为你考虑周全,日日来请安确实是麻烦,哀家也准了你,偶尔来陪陪哀家就好了。"

白穆微微看太后一眼，又马上垂下眼。

太后拉过她的手，语重心长道："哀家知道你心里憋了口气，但是孩子啊，这人世间哪里有事事如意的时候？你既仰着她的名头入宫，享了她的荣华富贵，得一必然失一，那些不该想的，忘了便罢。"

白穆道："烦母后操心了，如湄自然明白。"

"明白便好。"太后笑着捏了捏白穆的手，接着蹙眉，突然问道，"哀家听闻你曾有位未婚夫婿？"

（三）秘事

白穆本是垂着眼，闻言，长睫颤了颤，却并未抬眼。

太后紧接着柔声道："你若不放心，告知哀家他姓甚名谁家住何方，哀家亲自替他指门婚事，必定让他光耀门楣，此生无忧。"

白穆抬头，眼底波澜未散，只低声道："如湄与他早无联系，不敢劳烦母后。"

太后看了她一眼，继而叹息道："既然如此，你便安守本分，好生服侍皇上。既是扮着她入宫，便得一扮到底。这话本是哀家不该说的，然则，伴君如伴虎，你该明白才是。"

白穆跪地感激道："太后照拂，如湄铭感于心。"

"罢了罢了，不是跪就是磕头的，还不如你初入宫时有意思。唉，这皇宫……"太后笑了笑，似有些苦涩，扶起白穆道，"回去吧，这几日天冷，不用日日过来了。"

白穆俯身谢恩。

从仪和宫出来，白穆心中只有一个猜想。

倘若今日傍晚，她再"不合时宜"地去仪和宫，见到的恐怕又是那位"假"太后了。否则太后不会独独挑在今日将她留下说那样一番话。

只是太后的话说得那么直白，让她不用日日过去，她若不识抬举再去撞一次，恐怕会引太后疑心了。

白穆紧了紧手上的暖炉。其实这件事，与她也没有太大关系。一来她身为柳丞相的"义女"，又是商少君的"宠妃"，即便发现了太后的什么"秘密"，只要柳丞相在朝中尚可立足，这后宫中便还有她一席之地。二来她并无野心，不指望发现太后的秘密而从中得利，因此太后掩藏起来的东西对她是利是弊，她倒是无所谓。

这几日往仪和宫里跑得那样勤，恐怕是半年来闲过头了，而且，人总是有那么点儿好奇心。

但是，既然太后藏得那样严实，她也懒得过多追究了。

白穆正如此想着，身后突然传来一声娇笑："这样重的脂粉味，本宫还当是哪里的歌伎舞伎煌煌白日地闯到后宫来了，原来是柳丞相的义女，如湄姐姐。"

白穆回头,见到姿容娇俏的女子站到她身后,笑颜如花。

她默默地扫过淑妃高扬的眉。不愧是洛家出来的女子,说话极会抓重点,一句话里特地咬重了两个字,一个义女的"义",一个如湄的"如"。

淑妃洛秋容,与她同为妃位,二人没有分位高低,年龄也大小相当,但白穆比她早进宫,便受她一句"姐姐"。

白穆笑了笑,算是应了,带着行完礼的碧朱便走。

洛秋容从从容容地跟了上来,边走边道:"听闻姐姐前几日那一曲《凤求凰》,弹得整个皇宫都无好眠,闻者无不感怀姐姐对皇上……情深似海啊!"

言语中的讽刺意味毫不掩饰。

"淑妃何尝不是琴艺精湛。"白穆也不生气,目不斜视,轻淡答道。

洛秋容显然不肯放过,提高了嗓子"啧啧"道:"姐姐如此好琴音,不知宫外那位有情人听见,会是何等心情?"

白穆脚步蓦然一顿,却也只是一顿,挺直了腰板便径直要走,洛秋容却一把扣住她的手。

白穆皱眉,洛秋容嫣然一笑:"听闻姐姐入宫前一直在找一位有情人,我若说已经帮姐姐找到了,姐姐会不会开心些?"

不等白穆做出反应,洛秋容欺到她耳边,低低笑道:"申时三刻,摘星阁,或许能见到你想见的人呢……白穆。"

说罢猛地甩开她的手,洛秋容带着一众婢女趾高气扬地离开。

一直等回到朱雀宫,打发了殿中宫人,碧珠才着急地问道:"阿穆,那洛秋容与你说什么了?"

白穆坐在矮榻上捧起书:"没什么。"

"没什么?你听她说完脸色一片煞白。"碧珠过去在她对面坐下,"阿穆,他们洛家的人最是诡计多端,心狠手辣,又向来和老爷不和,你……"

白穆猛地拍下手里的书。

碧珠噤声。

白穆会有生气的时候,但甚少将脾气发在她身上。

半响,僵持的气氛才缓和些,白穆低声道:"阿碧,这宫中除了你我,还有谁知道我入宫前叫白穆?"

"除了你我,还有……"碧珠想都不想就作答,但说到那第三个人的时候又顿了顿,小声道，"还有皇上……"

白穆轻笑了声："阿碧，帮我打盆水，拿身普通宫女的衣裳来。"

碧朱惊道："你要做什么？"

"卸妆，去摘星阁看看。"

碧朱皱眉："你去那里做什么？阿穆，你明知道……"

"他们煞费苦心，我若不去，岂不是辜负了？"白穆打断她的劝阻，眉目里再次溢出少见的怒意，缓了会儿，才轻声道，"你去拿就是，放心，我会小心。而且换了装束，就算有什么事，也不会轻易被认出来。"

白穆执拗起来碧朱是知道的，她叹了口气，转身出去。

傍晚时分，浅碧衣衫的宫女垂首快步地离开朱雀宫，在雪地里留下串串脚印。而另一边，芙蓉宫中的女子望着落下的夕阳，戳落了窗户上的积雪，低笑道："她果真上当了？"

一旁的星竹小心地为她奉上茶水："小姐料事如神，刚刚得来的消息，不会有假。"

洛秋容扬眉笑了笑："本以为这半年她会有长进，哪知还是与从前一样，说起她那位未婚夫婿，便像被拔了毛的公鸡。"

星竹亦跟着笑道："她知晓是皇上罚的梅兰、菊白去她那里，定以为小姐今日这番话，也是皇上教的，仗着皇上的宠爱才敢肆无忌惮地往摘星阁跑。小姐这一步棋下得精妙，竟连皇上也算计进去了。"

洛秋容微微蹙眉，星竹心中一惊，知道自己的话说得太过直白，忙跪下道："奴婢知错，奴婢该死。"

洛秋容不悦道："你是我洛家出来的丫头，哪些话该说，哪些话不该说，该清清楚楚才是！"

"奴婢一时得意忘形，小姐……"

"算了。"洛秋容打断她，"今日爹爹传来的消息不会有误吧？"

"奴婢亲自去裴总领那里领的消息，绝不会有半点儿差错。"

洛秋容怔了怔，也只是一瞬便恢复正常，又问道："那他们可查出柳如湄的来历了？还有她那位未婚夫究竟何许人也？"

星竹低声道："尚未。贤妃入宫前便已经拜柳丞相为父，柳丞相定是怕被我们抓到把柄，将她的过往抹除得干干净净，就连她的名讳都是裴总领花了大半年工夫才偶然得知，再往下就找不到任何蛛丝马迹了。"

"欲盖弥彰！若无可做文章之处，何须遮得那样干净？"洛秋容嗤笑道。

星竹继续道："至于那位未婚夫婿，更是无半点儿头绪。也不知究竟是谁传起来，说贤妃入宫前有位未婚夫婿，为了入宫将其抛弃，而柳丞相竟未将流言压制住……也不知是真有，还是只是传言而已。"

"看她那个反应，此人必定是有的，裴瑜查到的名讳也是真。让他们继续查！顺着名讳查，顺着她那位未婚夫的流言查！本宫就不信，活生生的人，在洛家的眼皮子底下还能飞了不成？"

"小姐放心，凭咱们洛家的实力，相信不久就会有消息。"

洛秋容抬眼看了看星竹，让她起身，拿起手边的茶惬意地饮了一口，微微笑道："倒也不急。我现在对今日之后，那冒牌货要如何自处更感兴趣……"

白穆行至摘星阁时，落日斜洒，给雪地铺上一层淡淡的暖色。

她一路过来还算顺利，没碰上什么阻碍，只是以前从未到过摘星阁，不知它的具体布局，又不知暗处是否藏了人，心中难免忐忑，步子便极为轻缓。

小心翼翼地行过一圈之后，白穆发现这摘星阁与其他宫殿并无太大差别，只除了高立入云的阁楼，真应了"摘星"一词。

周围安静到只闻鸟叫，看不到人影，亦听不见人声。她装作无意间走入的宫女，尽量自然地从阁前走入。

阁前雪重，只有她一个人留下的足印，不像有人进去的样子。但白穆还是有些犹豫，要不要推开大门。

碧朱与她说摘星阁是宫内最高的一座阁楼，是先帝为讨好贵妃所建，登至顶端可遥望宫外景致。贵妃病逝后这里一度是宫内禁地，直至商少君登基，才重新开放。但毕竟禁了十几年，平日甚少有人过来。

白穆在外透过门窗缝隙瞧了瞧，屋内干净亮堂，没有人。

她大着胆子轻轻推开门，尽量不发出声响，进去之后，仍是空无一人。

阁内空旷，层高是普通宫殿的两倍，仰首望去，可见楼梯错落有致，非常特别。正是这样特别的结构，让阁内的布局一览无余，藏不住人的。

白穆心中越发疑惑，莫非是自己多疑？

正这么想着，阁内突然响起扑簌的雪落声。白穆顺着那声音看去，不是阁前，而是阁后。

她行至一处窗边，贴耳听去。

果然隐隐有人声，只是模模糊糊，一片"嗡嗡"的响声，听不太清楚。

白穆将那窗微微推开一个细缝，声音才清楚了些。

"若不如此，你又怎会来见我……"

女子声音絮絮，白穆已有心理准备，乍一听见，心跳还是快了几分。

太后平日说话端庄有度，不似现在这般，声音里带着普通女子才会有的埋怨，和淡淡的自嘲。

另一个男子的声音非常低，低到白穆都听不真切。

"连我这点儿心愿你都不愿达成，我……"

声音又远去了些，白穆不由自主地将那扇窗又开了一些，听到太后继续说道："此地隐蔽，更何况，你何必怕被发现？反正……"

太后的声音又断了，男子的声音也没有响起。白穆透过缝隙，向着刚刚的声源方看过去，只见太后与自己一样，只穿了宫女的衣裳，梳着简单的发髻，竟是被一名男子抱住，而那男子……

白穆心中被狠敲一记。

原来是这样一招算计……还真是……

白穆的眼光还未来得及收回，正好太后抬眼，与她稳稳地对视。

太后眼底的惊慌不过一瞬，马上推开那个人，向摘星阁奔来。

白穆几乎同时放下窗。

第一章 真假太后

（四）投诚

摘星阁并无后门，倘若从前面走，必然与太后碰个正着！白穆没有时间多想，撩起裙子就往楼上跑。

绝对不能有半点儿迟疑，不能被抓住，也不能被他们看到她这张脸！

她虽顶着柳湄替身的身份入宫，但长相与她并无半点儿相似。碧朱服侍柳湄十几年，给她上妆总能上出几分柳湄的影子来。因此从入宫的第一日开始，她的脸上一直是厚重的浓妆，遮住了原本的容貌。刚刚太后那一眼，即便看清她的样貌，也认不出她到底是谁。

但……

刚刚与太后相拥的男子，即便只看到一个背影，她也认得出来，那是柳轼。

她名义上的父亲柳丞相柳轼。

太后认不得她，柳轼却是认得的。

她在宫中唯一的靠山便是柳轼。而明眼人都明白，柳丞相势大，商少君新君登位，要掌权，最大的障碍便是他。就在她被闲置朱雀宫不闻不问的半年，两个人的关系急速恶化。太后身为皇帝的亲母，早在半年前就几番暗示，让她背弃柳轼，与她和商少君一并对付他。

而她今日所见，太后与柳轼……关系匪浅。

所以，她表面帮自己儿子，其实是和柳轼一伙的？

一时间，白穆的脑子混乱不堪，分析不出个确切的结果来。但唯一可以肯定的是，倘若她这个"义女"发现太后和柳轼这层见不得人的关系，是不可能被容忍的。

即便暂时不被除掉，也是太后的心头刺。那场权力角逐中，无论是谁，一旦胜出，最先倒霉的就是自己。

白穆知道，倘若只是顺着楼梯跑，摘星阁的结构会使自己暴露无遗，瞥见两个人影入了阁，便毫不犹豫地转向所在楼层的窗户，推开便纵身往下跳。

白穆所在的正是二层，说高不高，说低，却也不低。下面那么厚的雪，运气好，只是扭伤，运气不好，摔断胳膊腿也很正常。

冰凉的寒风冲灌而入，白穆紧闭双眼，预料中的疼痛却并未到来，反倒是一股温

暖欺人,环着她稳稳落地,随之一声低笑:"还真是不怕死。"

商少君。

白穆反手紧紧抱住他,一声不吭。

商少君脚尖轻点,身子轻盈地跃起,迅速远离摘星阁。

白穆心知太后和柳轼不可能大张旗鼓地追来,只埋首在商少君怀里,犹疑着他是否认出自己,毕竟除了一年前他在城门口截住她带她入宫那一次,他不曾见过她素面朝天的模样,那时候还是夜晚。

转念一想,他怎会认不出自己?

即便认不出,他也算得到。

今日这一出,就算不是他亲手设计,也是他默许;即便没有他的默许,洛秋容所算计的,他又怎会不知?否则他怎会出现在摘星阁,等着看戏的吧?

因此商少君一停下,白穆马上跪地行礼。

商少君低笑一声:"哪里来的宫女?"

白穆眉头一蹙,不由得抬头看他。

他今日穿了一身便服,纯金色的发冠将黑发束起,黑色的绣袍,袖口和腰间绣了盘龙,龙口大开,似在昭告来人身份,嘴角微微勾起,逼人的气魄隐隐透出。其实他不穿这样华贵的衣裳,只要往人前一站,眼神落在人身上,无论脸上什么表情,是笑是怒或是面无表情,都能给人一种压迫感,令人不敢直视。

白穆只看他一眼,扫见他眼底明明暗暗的揶揄笑意,便知道他认出自己了。

商少君上前一步,弯腰捞住她腰间的玉牌:"朱雀宫的?"

白穆不知他装作不认识自己是何用意,但既然他喜欢,她无谓反驳,点头称是。

商少君俯身,单手抬起她的下巴,使得她看住他,眉眼略略一弯,便笑了起来,眼底黑沉的墨色却要将她吞噬一般:"转告你家主子,莫要不长脑子,还是安守本分好好待在朱雀宫。"

他的手一松,便将白穆的脸甩向一边。

"主子也让奴婢转告皇上,君要臣死,臣不得不死。"白穆冷声道。

商少君居高临下地看着她,眸色渐渐深沉。

"朕倒不知,她那脑子里也能装下这些东西。"商少君背过身去,双手负后,斜阳透过他的背影照在白穆脸上。

清秀隽白的一张脸,不施粉黛,却不输后宫任何女子。只是眉间眼角都透着女子脸上少见的坚毅。

"主子说没有能不能，只有愿不愿。"白穆沉声道。

宫廷争斗，尔虞我诈，即便她从前不懂，不代表永远不懂。

商少君或许以为她只是中了洛秋容的计，但她不过是按着他有意无意纵容的路子走。

商少君转过身来，眉头微微扬起，睨着白穆，轻笑道："倒是聪明了些。那她愿是不愿？"

"端看皇上。"白穆始终不曾抬眸。

商少君侧身看着她，眸子里的光一闪一烁，像是阳光下积雪反射出的色彩。他不语，白穆亦不语。

良久，他抬步，施施然离去，白穆仍旧跪在地上，膝盖已经被融化的雪水浸透，她突然抬头，对着商少君的背影道："皇上若想她做什么，大可直说。她从来知道自己该站在哪一边，皇上也清楚，她会站在哪一边。"

在白穆看来，今日这一出，无非是商少君布局，推她一把，让她明白丞相与太后的举动都在他的掌控中，丞相不可靠，太后更靠不住，身为柳轼的义女，一颗随时可被丢弃的棋子，还是早早弃械投靠他商少君才是。

太后与丞相近日屡屡私会，定是在密谋什么事。这件事若由她探知，必然更加容易。

或许这就是商少君时隔半年重新"驾临"朱雀宫的原因？

白穆端坐在仪和宫，垂首对着太后，心思却是远去。

多此一举。

商少君站在她面前，直截了当地说上一句，她还敢违抗圣命不成？如此百般周折就不怕她还如初入宫时那般心思简单不及他顾？

看来"君心难测"还真是不假，商少君到底在想些什么，要干什么，她是猜不透彻了。

"湄儿，你怎么看？"太后温言软语，打断白穆的思路。

虽说宫中嫔妃不多，但是大晚上的在仪和宫齐聚一堂，甚少见到。

白穆默默地扫了一眼宫人放在托盘上的那只香囊。

傍晚刚刚回到朱雀宫，便传来消息，说仪和宫丢了支簪子，乃先皇赏赐，非同寻常，经查发现偷簪者掉了只香囊。仪和宫进进出出也就是些嫔妃宫人，太后马上召集各宫嫔妃指认香囊所属。

"这香囊……有些眼熟……"白穆微微蹙眉，似在沉思。

丢簪是假，找香囊之主是真。

因为这香囊，是她逃跑时，落在摘星阁内的。

太后眼神略沉，睨着白穆，嘴角却挂着笑意："哦？湄儿可记得在哪里见过这香囊？"

白穆仍是沉思的模样，举目一一扫过殿内嫔妃，在掠过洛秋容时微微一顿，正要开口，洛秋容突然起身跪下："母后，这香囊……出自芙蓉宫……"

太后神色一凛，等着她的后话。

"容儿不敢藏私。容儿素来冬日怕冷，御医院前些日子特地用活血的药材制了些香囊送来，芙蓉宫人手一只，容儿闻起来对身体大有益处。"洛秋容有些焦急，也有些羞愧道，"我向来待殿中宫人不薄，想不到……想不到……"

太后声色不动，轻咳一声道："如此说来，贼出自芙蓉宫了？"

洛秋容略有犹豫。

早前太后便派人在宫中盘问过一番，那时她尚不知"香囊"一事，芙蓉宫里当然无人出来认罪，现在她若轻易承认，太后恼怒起来，会不会将她宫里的人一并罚了？

罚人事小，就怕太后借机换芙蓉宫的水，将她的心腹都处置了。

柳如湄啊柳如湄，恐怕是上次梅兰、菊白跪在朱雀宫时掉的香囊，还真想不到她会借此倒打一耙。

洛秋容暗瞪了白穆一眼。

白穆垂眼喝着茶，仿佛事不关己。

她早猜到在摘星阁撞到的人会是太后，只是没想到太后的秘密竟会是柳轼。她明知中计，当然要留下自保的余地，于是逃跑的时候，"一不小心"掉了那只属于芙蓉宫的香囊。

洛秋容收回眼神便磕头："是容儿调教无方，请太后严惩！"

再回头缓缓看过随自己来的几个宫人，眼已然红了一圈，对着太后道："此前容儿便一一问过那些奴才，他们竟无一人认罪！若非这香囊……母后，求母后替容儿好生管教那些奴才！"

洛秋容身后的宫人齐刷刷跪了一地。

太后从容地喝了口茶，淡淡道："莲玥，带人去芙蓉宫，若无人交出簪子认罪，芙蓉宫上下宫人，一并处死！"

此话一出，在座众人纷纷倒吸一口凉气，却无人敢有异议。

奴才便是奴才，别说几十个奴才，就是千百个奴才的性命，也比不上先皇赏赐的簪子金贵。

只有芙蓉宫的宫人跪在地上不停地磕头求饶。

"连着这几个，一并带过去。"太后不悦地指了指磕头的下人们。

莲玥未多犹豫，正要领命退下，白穆却突然道："慢着。"

白穆缓缓起身，也在太后跟前跪下。

垂首的洛秋容不着痕迹地勾起嘴角。

她看人从来不会错的。

这冒名的柳如湄，生来便不该是皇宫里的人。看不穿尔虞我诈，看不惯朝夕生死，看不得血染的皇宫里沾上鲜血，何以在宫中生存？

丢簪一事本就是假，不过是太后诌出来的借口，想找到今日摘星阁那个人而已。就算找不到，也必须给那个人一个警诫。柳如湄有留下香囊嫁祸芙蓉宫的心思，却没有眼睁睁看着数十宫人因她丧命的狠劲。

"母后，如湄刚刚说这香囊有些眼熟，此刻也想起来了……"白穆声调平静，缓缓道，"此前芙蓉宫的梅兰与菊白被皇上罚到朱雀宫请罪，如湄打发她们走后，便在雪地里发现了一只与这个一模一样的香囊。"

太后高深莫测地盯着她。

白穆继续道："当时如湄并未在意，且还在气头上，便让碧朱扫出去扔了。现在想来……也不知……会不会有人捡到香囊，蓄意嫁祸。"

太后皱眉，似在沉思。

"由一只香囊来断定偷簪贼，甚至祸及无辜，委实不妥。如湄大胆，恳请母后三思而后行。不若将此事交给慎刑司，既免母后忧心，又可不失公正，尽快找回金簪。"白穆言辞恳切，仪和宫中一时鸦雀无声。

贤妃与淑妃向来水火不容，现在贤妃居然替淑妃宫里的人求情？

众人各怀心思，太后也只是看着跪着的二人沉默不语。正在此时，一声传唱打破僵局："皇上驾到——"

商少君精神奕奕，进门便笑道："今日这样热闹，竟也无人来知会朕一声？"

随即惊道："两位爱妃为何都跪着？"

商少君关切的眼光扫过二人之后，不解地看着太后。太后抚了抚额，摆手道："罢了罢了，都起来吧。这事便交给慎刑司，哀家也不管了。"

商少君闻言一笑，体贴地将二人同时扶起："不知母后所说何事？说来儿臣也听

一听。"

太后无奈地睨了商少君一眼:"哀家乏了,快领着你这些莺莺燕燕回去吧。"

皇帝心情好,太后也不再高深莫测地阴沉着脸,仪和宫内的气氛瞬时舒畅了许多。

商少君虽说同时将两个人扶起,但显然更在意贤妃柳如湄,拉着她的手便带着她出去了。宫中人早对商少君的偏宠习以为常,此前便传出贤妃复宠的消息,今日一见,也不过是略一侧目,便心知肚明。

就连素爱生事的淑妃也只是目送皇帝与贤妃远去的身影,一言未发便自行回去了。

白穆也如从前一般,人前温婉贤淑,人后抽离商少君握住的手,行礼:"皇上,朱雀宫到了,宫人们都退下了。"

白穆的意思是,朱雀宫到了,没有外人在,可以不用做戏了。

贤妃受宠,柳如湄受宠,丞相的义女受宠,百姓只说,皇帝真真情深义重,待柳如湄尚且如此,若柳湄在世,又当如何?官员只说,皇帝真真性情中人,待柳如湄尚且如此,更何况柳湄的亲生父亲?

即使没有太后百般提醒,事到如今,白穆都比任何人要清楚自己在宫中的地位,在商少君心中的分量。

爹娘不是自己的,妃位不是自己的,宠爱不是自己的,连姓名都不是自己的。她不过是用来粉饰太平、制衡朝廷的一枚棋子。

"朕特地来给爱妃解围,爱妃竟迫不及待地赶朕走?"商少君挑起白穆的脸,嘴角含着笑,却辨不出他真实的喜怒来。

"臣妾不敢。"白穆眼都未抬。

"今日这妆……的确是差了点儿。"商少君左右看了看她的脸,眉头微蹙,随即甩开手,转身便走,同时唤道,"陵安,去芙蓉宫。"

白穆面色平静地抚了抚被商少君捏过的脸,捋顺头发,转身入殿。

丢簪一事,经慎刑司查办,乃芙蓉宫梅兰所为。碧朱听闻,高兴得很,哼着小曲儿赞白穆道:"阿穆,你真聪明!淑妃这回可没讨着好处!"

白穆窝在狐裘里看了一眼碧珠笑嘻嘻的脸:"那梅兰会如何?"

"自然活不了了。"碧朱瘪了瘪嘴道,"这也怨不得我们,是她家主子把她推出来的。"

白穆眨了眨眼,不语。

"阿穆你别难过。别说皇宫里,就是丞相府,也是这样。有一句话怎么说来着?

人不犯我我不犯人，人若犯我我必犯人！本来就是淑妃自己找上门的！当初她们对付我们的时候，可从没手下留情过，朱雀宫里的梅兰都不知多少个了……这回可算是报仇了……"

"我不难过。"白穆合上书本，"即便没有我留下的那只香囊，梅兰的下场也是一样。"

碧朱一愣。

"阿碧，你家老爷的事，你知道多少？"不等碧朱反应过来，白穆又问。

碧朱的注意力很快就被分散，流利答道："我家老爷啊，从前与你说过啊，传奇呀……十六岁金榜题名，高中状元，先皇御笔亲封进入翰林院，然后步步高升。不仅能文，还擅武，十年前与祈国大战，老爷出兵南下，立下大功，被封为威武大将军。不到二十年便由普通平民到一人之下万人之上呢。"

碧朱像背书似的，说完抬头看向白穆："我还没来得及问你……你昨天不会……还看到老爷了吧？"

白穆不置可否，碧朱又道："肯定是的，对不对？"

白穆没有回答，碧朱已经凑到她耳边，神秘兮兮道："我偷偷对你说，阿穆，太后入宫前……就是跟老爷好的！"

（五）旧情

金簪完璧归赵，梅兰被杖毙后扔出宫外，一桩屡见不鲜的偷窃案件就此了结，不过半个月，便如同后宫角落四散的尘埃，不再有人提及。

只是芙蓉宫的淑妃自那之后一病不起，主治御医换了好几位也未见好转。

这日洛秋容再次摔了送过去的汤药，怒道："一群无用的庸医！小小风寒医了半月也未见好转！"

星竹给一旁的小宫女使了个眼色，两个人收拾好碗片后安静地退下。

"小姐，要不……让夫人去庙里……"

"去什么去！"洛秋容面色苍白，半个月来消瘦许多，连连咳嗽后道，"本宫可有亏待过梅兰？"

星竹忙道："当初让她去朱雀宫演完那出戏她便该知晓下场，偏偏还留了个把柄在外人手上，小姐留她全尸，厚待她的家人，她也该安心了。"

"你想法子把御医开的方子拿出去给爹爹瞧瞧，咳咳……"

"最近太后盯得紧呢……"星竹为难道，"恐怕摘星阁一事，太后还是怀疑我们了。"

洛秋容轻笑："谁让朱雀宫那位会演戏，刚入宫那会儿爹爹的人怎么说她来着？大字不识，天真单纯，不知皇家为何物！哈，那日在仪和宫我一推她一阻，太后不明就里，最后自然将矛头指向我。"

洛秋容边说边咳，星竹连连为她拍背，只道："当真小瞧贤妃了。本来那日去摘星阁的就是她，可她那样大方地承认香囊曾经落在朱雀宫，还言辞恳切地替小姐求情，反倒让太后觉得她心中没鬼了……"

"反应快，会演戏，还说什么有人蓄意嫁祸……太后只怕不觉得有人蓄意嫁祸本宫，反倒是本宫想嫁祸给她了……"洛秋容咬牙低笑道。

"小姐，这……或许是我们想多了。毕竟，她若真有此玲珑心思，半年前为何会惹得龙颜大怒……"

想当时，贤妃柳如湄，后宫第一人，即使是选秀过后仍旧圣宠不衰，即便是洛秋容入宫，皇上也未曾因为洛家，对她有丝毫怠慢。

可惜，一夜之间，乾坤颠倒。

　　那一夜就如贤妃娘娘的身世一般，完全探不出底细来。只知那夜皇上大怒，朱雀宫相关人等全部杖毙，探无可探。

　　"她身上的蹊跷事多得是，这次不也让她从摘星阁逃脱了？"洛秋容冷笑道。

　　"其实小姐，会不会……"星竹犹疑道，"是皇上？"

　　洛秋容扬了扬眉："不无可能。"

　　毕竟知道摘星阁一事的人不多，也不可能多，而她玩的那些小把戏，皇上也未必不知道。

　　星竹了然点头，看来皇上对贤妃，还是存了些情义的。

　　"幸亏那柳湄已经死了！"洛秋容咬了咬苍白的唇，突然道，"你让爹爹在宫外再物色几名美人。新年将至，宫中盛事必不会少。过几日皇上会去沥山温泉，我这身子是去不成了，让他们瞅准机会。"

　　一连三日，阳光灿烂，但因着积雪融化的关系，天气反而更冷。皇帝下旨要去沥山温泉避一避寒气，宫内便又开始忙碌起来。

　　白穆被太后特地留下，屏退宫人后直截了当道："这次去沥山温泉，你得随行服侍皇上才好。"

　　白穆一怔，太后继续道："此前你与哀家说过的话，可还记得？"

　　白穆又是一怔，随即想到上次与"假"太后投过诚，马上答道："如湄当然记得，宫中只有太后是真心实意待如湄好。"

　　太后欣慰地笑："但皇宫里的主子，始终只有皇上一个。讨得皇上的好，才是真的好。这次哀家有几句话要嘱咐你。"

　　白穆疑惑地看着太后，等她的后话。

　　"一来，上次选秀，皇上初登基，无心细选，这后宫只得你和淑妃二人较为可心，着实是少了些。你身为贤妃，既得一个'贤'字，若有机会，不妨替皇上留留心。"

　　白穆心下了然，是让她借着温泉之机，给商少君再找几个美人啊。

　　"二来，你应该也知晓，柳丞相长子常年驻守边关，正巧此次回都述职，皇上会带着同行。听闻他在边关……啃，可真是呼风唤雨啊。你既是他义妹，该多多留心才是。"

　　明面上，太后还是偏帮商少君对付柳轼的，所以这句话的意思，是让她防着柳轼的儿子加害商少君？不像这样简单……

　　"三来，你初次出宫，恐怕许多事情不太清楚。哀家便赏莲玥到你的朱雀宫好了，带着她，你在宫外也不至于出差错。"

白穆不由得看了莲玥一眼，莲玥虽然不过二十五岁，在宫中却算是"老人儿"了，跟了太后近十年，人人都要尊称她一句"姑姑"。

　　这样一个人放在身边，显然是用来监视自己的。

　　"母后重瞩，如湄不敢怠慢，只是……"白穆做出不安的表情，"玥姑姑跟在如湄身边，不仅委屈了姑姑，还累得母后身边少个贴心人照料……"

　　"无碍，你那朱雀宫也是需要个懂事的好好打理一番了。"太后打断了白穆的话，"就说那香囊一事，芙蓉宫的人落的东西，你自行简单处理了也便罢了，又何须再说出来替他们求情？左右不过是群奴婢……"

　　白穆沉沉垂首，太后叹气道："从前吃过的亏还不够？"

　　太后这番话，听来十足十地真心实意。白穆一时迷惑，分不清她是不是真心为自己考虑，躬身行礼道："是如湄鲁莽，日后必不会再犯了。"

　　"罢了，沥山一行你便听莲玥的，多加小心就是。"

　　白穆看了太后一眼，道："可是……母后嘱咐这样多沥山一行之事……"

　　白穆顿了顿，为难道："这次沥山一行，随行名单里，好像并没有如湄……"

　　太后抚了抚额头："孩子啊，你初入宫时那般得宠，何等风光？你该比哀家更清楚应当怎么做。"

　　白穆沉默。

　　"哀家乏了，退下吧。"

　　白穆离开仪和宫，带着碧朱到了御花园的碧波湖旁。

　　湖面宽广，占了御花园的大片地方，湖水清净，阳光下波光粼粼。

　　皇宫中有这样一片湖泊，的确少见。据说是商少君还是太子时求了先皇允准凭空挖出来的，因为柳湄喜欢湖水，冬日看湖中积雪，夏日赏湖中荷花，春日泛舟湖上，秋日临湖赏絮。

　　白穆也喜欢湖水，不过比不上柳湄那般高雅。

　　白穆左右看了看，四下无人，弯身捡了块石子，斜手掷了出去。

　　石子瞬间有了活力，在湖面上跳跃着远去，激起圈圈涟漪，白穆也随之笑起来。

　　碧朱叹息地看了她一眼："你也就想着那谁谁谁才会这样笑。"

　　白穆脸上的笑容未散，眯眼望着粼粼湖水，笑道："阿碧，你知道钓鱼最忌讳什么？"

　　"什么？"

　　"心焦气躁。"

碧朱扁嘴道:"如果一直钓不到,不焦不躁才怪咧。"

"等着就是。"白穆微微笑道,"一个时辰钓不到,等两个时辰,两个时辰钓不到,等三个时辰……一日一日地等,总有一日,他会出现的。"

"啊?"

碧朱还没反应过来,白穆已经转身离去。

这夜,商少君去了朱雀宫,刚刚踏入殿门便见到妆容精致的女子,一袭白衣清雅得如同月下嫦娥,端坐在长琴前,柔荑划过琴弦,抚起琴弦,音似流水,清澈的眸子凝视着他,含情脉脉。

那一瞬,白穆似乎也在商少君眼底看见了极为少见的情动。银白色的月光下,如同春日的绿芽破土而出,愈渐茁壮。

她自然知道是为什么。

穿的是柳湄最爱的白衣,用的是柳湄生前的长相思,弹的是柳湄最常弹的《流芳曲》,碧朱都说,她这身装扮,弹这首曲子的时候,与她家小姐最为相似。

太后说得对,她比任何人都清楚应该怎么做,清楚商少君要的是什么,而她,要如何才能取悦他。

一曲终,商少君仿佛还沉浸其中,立在原地一眨不眨地盯着白穆。白穆款款起身,缓步过去搂住他的腰,靠在他胸口,语调温柔而甜腻:"少君,湄儿想随你同去沥山温泉。"

白穆清楚地察觉到商少君的身子微微一颤,反手抱住她:"好。"

这夜,白穆做了一个梦。

梦中碧空如洗,阳光灿烂,秋日金黄的落叶扬了漫天,繁多的枝丫上绑满了大红色缎带,打着整齐的同心结,结上写了两个人的名字,随着秋风缠绵舞动,如同跳跃的火焰。

她在树底仰望那一树的同心结,只觉得满满的幸福就要溢出心口。

树下的男子望着她笑,眉眼微弯,阳光透过去,眼底便像是洒满了金色的沙子,漂亮得让人不敢直视。

他说:"阿穆你看,我和你的命绑在了连理树上,再也分不开了。"

她眼底尽是那片耀眼的红和他脸上灿烂的笑,她奔过去搂住他的脖子扎到他怀里,激动得羞涩都忘了:"阿不,我们成亲吧。"

他反手抱住她:"好。"

第二章
真假恩人

（一）任务

沥山温泉之行，淑妃久病不愈，自然不得伴驾。贤妃复宠，随行也在众人意料之中。皇帝登基以来第一次大阵仗地出宫，而且出宫时日不短，各宫各院各官员，都随着出宫日期的临近越来越忙碌。

白穆又在朱雀宫里窝着看了几日书，碧朱从得知要出远门起便心情愉悦，整日在白穆耳边叽叽喳喳地讲宫外趣事。

"阿穆，你还记得咱们入宫前老去的那家李子米酒铺吗？我昨天梦得口水流了一枕头！"碧朱一边收拾行李，一边还擦了擦嘴角。

白穆好笑地看着她："当然记得，还有老刘家的包子、蓉婆家的荷叶糕、东门的阳春面，你都要去吃一遭不成？"

碧朱扁了扁嘴："到时候马车那么快，呼啦一下就全过去了，能闻个香就不错了！"

而且今时不同往日。

当初和白穆认识的时候，碧朱不曾想到有朝一日会成了她的贴身丫鬟，她也不曾想到有朝一日一入宫门深似海，没心没肺的日子早已过去，如今再出去，怎可能还去得了那些街头小铺？

"娘娘，御膳房的公公送了参汤过来，在外求见。"殿外宫女的声音絮絮传来。

碧朱"咦"了一声，停下手里的活："你让他们去御膳房要汤了？"

白穆皱了皱眉，摇头，接着道："让他进来看看。"

碧朱点头，高声应道："送进来吧。"

进来的人个子小小的，端着参汤却格外稳健，进来就磕了个头："娘娘万福！这是娘娘要给皇上送去的参汤，奴才不敢怠慢，亲自送来了！"

白穆和碧朱对视一眼，碧朱上前接下参汤，白穆笑道："原来是李公公，劳烦公公了。"

"这是奴才的职责，奴才参汤送到，这就告退。"李公公头都不抬，又行了个礼便退下。

大殿的门已经关上，碧朱瞪大了眼看着白穆，不发声，只做着口型道："老爷？"

白穆眼神略沉，点点头。

朝中重臣在宫中有几个心腹并不稀奇，那李公公之前也给她送过信。这次莫名其妙送了碗参汤过来，还说是要给皇上送去的，恐怕是听了柳轼的话，意有他指。

"端着参汤，我们去趟御书房吧。"白穆也不犹疑，吩咐了碧朱便入里间换衣服。

冬日的雪，踩在脚底嘎吱作响。离御书房越近，路上的积雪清扫得越是干净。白穆一路不急不缓，不出意料地在快到御书房的时候，见到了柳轼缓步而来的身影。

妃嫔与大臣不能随意相见，即便是父女。但"偶然"遇见了，寒暄几句总是免不了。

柳轼年近六旬，花白的头发下，一双黑亮的眼精神奕奕，不怒而威。一见到白穆便俯身行礼。

换作从前，白穆必会亲自将他扶起，一来她是晚辈，受不得这样的礼，二来柳丞相在民间威望颇高，曾经她只是听到他的名字便会一脸钦佩。

但今日，白穆只是立在离他不远不近的位置，微微地笑了笑："义父大人有礼了。"

柳轼的眉头蹙了蹙，抬头看向白穆。

白穆只是吩咐碧朱道："阿碧，你把参汤送到御书房去，我送义父大人一程。"

碧朱恭顺地领命离开。

白穆一路随着柳轼，本就不是亲父女，自不会如父女那般亲切地交谈。她深知柳轼不会轻易放过这颗深宫中的棋子，让她过来，必定是有事情交代，因此他不言，她亦不语。

直至行到一处宫路转角处，四下无人，安静非常，柳轼突然道："那日在摘星阁，可还看得尽兴？"

白穆心下"咯噔"一声，不知柳轼是当真认出她来，还是只是出言试探。

"本相既将碧朱留在你身边，便不怕你知道这件事。"柳轼眼角微弯，带着势在必得的自信。

碧朱虽与白穆亲厚，几乎是无话不讲，但这件事，从未有意提起过。

"白穆的身家性命都是义父大人所赐，大人有所吩咐，白穆不敢怠慢，大人的秘密，自然也是白穆的秘密。"白穆低眉表忠心。

柳轼扬了扬花白的眉毛："士别三日，当刮目相看。半年不见，野丫头也能变成这个模样。"

白穆掀起嘴角笑了笑："白穆自知作为棋子，有用方可不做弃子。"

"好，很好。"柳轼毫不掩饰眼底的愉悦，"本相当年也未看错人。"

"不知大人这次有何吩咐？"白穆温顺道。

第二章 真假恩人

"这次沥山一行,你要拿到一枚令牌。"柳轼低声道,"御林军总领裴瑜的令牌,拿到后,交给行儿。"

白穆默不作声,心中却已经开始算计。

御林军总领裴瑜,据她所知,是洛家一手扶植。而柳轼嘴里的"行儿",便是太后嘱咐过叫她小心的少年将军,柳轼的儿子,柳行云。

偷御林军的令牌,柳轼想做什么?在策划政变不成?

白穆被自己心中这个想法惊了一惊,掩饰不住诧异地看向柳轼。

柳轼沉声道:"原因你不必知道。你要找的人,本相会尽快替你找到。"

白穆收回眼神,迅速恢复平静,道:"有劳大人。若无他事,白穆先行一步。"

一见柳轼点头,白穆便立刻转身离开。

不得不承认,她是有些怕柳轼的。

这个在官场浸淫了近四十载的权重者,浑身上下都散发出无法言喻的压迫感,甚至比商少君更甚,只是站在他眼前,都能让人无所适从。

"他既是你未婚夫婿,你当真不知他姓甚名谁?"柳轼突然在她身后追问了一句。

白穆身形一滞,转身道:"大人应该一早便查证过,当真不知。"

柳轼透着精光的眼微微眯起,白穆再次转身,施施然离去。

冬日的阳光明艳起来,透明得仿佛没了颜色,照得银白色的积雪几乎伤人双眼。

就在这样一个明艳的早晨,大队人马浩浩荡荡地出了皇城。

一路人声鼎沸,风光无限。

碧朱本还满心期待能重见当年入宫前那些常去光顾的小店,掀起车帘的一角便见黑压压的一片人头,惊得兴致全无,直至出城走出许远,见人烟稀少,风景甚好,才打开了车窗。

"宫外的空气都是甜的啊!"碧朱幸福地深吸了一口气。

白穆单手撑着脑袋,看着窗外走神。

"娘娘,您有什么不开心吗?"

换在从前,碧朱早就喊着"阿穆"戳她几戳了,但此时马车内不止她二人,还有太后的"眼线"莲玥。

但碧朱的这句话还是让白穆回过神来,摇头道:"没什么。"

碧朱不满地扫了莲玥一眼,有她在,说什么都不方便了。

莲玥本在二人对面坐着，此时起身，弯腰关起车窗道："娘娘怕是被冷风灌着了，奴婢看，还是关上车窗较好。"

碧朱想要拦住，欲言又止。

白穆也不多说，干脆倒在了榻上。

难得出宫一次，她该高兴的，可着实轻松不起来。这几日她都在盘算自己身上的任务。

太后让她给商少君找女人回去，说不定已有安排，只需她不加阻拦，这个不难。难的是柳轼让她偷裴瑜的令牌。

裴瑜此人，她对他的第一印象是当年入宫前夜，他随着商少君将她堵在城门口，一张脸冰冷得跟城墙似的，这一年在宫中偶尔遇见，也只是依例行礼，一句多余的话都没有，不消想都知道，极难亲近。

她不会武，又与他没什么交情，何以在他那里偷到那么重要的令牌？更何况裴瑜是洛家的人，她身为柳丞相的义女，稍稍露出有意接近的念头都会让人起疑。

白穆为这件事纠结了几日，这会儿越想便越觉得头痛，不知不觉中睡去，但又睡得不安稳，似乎做了许许多多的梦。

梦里见到令她魂牵梦萦的男子，对着她笑说："阿穆，我和你的命绑在了连理树上，再也分不开了。"

她哭着奔过去抱住他："阿不阿不，你回来了！"

梦里见到母亲慈爱地抚着她的脑袋："穆儿，不是不让你出门，是怕你会遇到危险。"

她伏在母亲的膝头，仰首道："可是我和阿不就要成亲了啊，我们得去都城买件最最好看的嫁衣！"

梦里见到父亲惊慌失措地推开大门，拉住她的手带她往外走："傻丫头！丞相的义女是那么好做的？我带你走！"

她固执地不肯离开："爹爹，他说做他的义女就帮我找阿不。爹爹，我要在这里等阿不！"

梦里她一会儿哭，一会儿笑，执着地等着一个人，就像这一年她在做的一样，等那个人再次出现。

似乎梦里还听见了碧朱的声音，她喊她"娘娘"，说："娘娘你的额头怎么这么烫？御医御医！玥姑姑，您去禀告皇上吧！"

接着她又迷迷糊糊地做了几个梦，直到一声嘲讽的低笑，将她彻底从梦中拉出来。

"爱妃还真是会给朕找麻烦。"

白穆一个激灵清醒过来，发现自己被商少君打横抱着，满鼻的龙涎香。他们不知何时到了一处客栈，随行的御林军列队站着，商少君抱着她正上楼。

虽然有些无力，白穆还是轻轻笑了笑，道："皇上待臣妾如此厚宠，不到明日，满朝文武便该听闻了，丞相大人必定倍感欣慰。"

"爱妃还真是看得透彻。"商少君的声音透过胸口低低传来。

白穆又笑："谢皇上盛赞。"

"或许朕是真心担忧爱妃的身体呢？"

"皇上您真幽默。"

白穆抬眼，正好看入商少君的眸子里，写满了温柔与笑意，眼底深处，却是一片浓得化不开的墨色。

（二）慕白

御医替白穆把了脉，说是路途劳累，贤妃身子娇弱，不太习惯马车，且天凉受了寒气，好生休息一晚吃几服药便好了。

本是累极，吃了药后又昏昏沉沉，白穆却躺在床上，翻来覆去地睡不着。

碧朱见状，笑吟吟地对着同样守在床边的莲玥低声道："玥姑姑，要不你去外面守着？我家小姐一直就这个习惯，生人看着睡不着。"

莲玥虽不过二十五岁，却在宫中待了近十年，一脸的从容老成。听碧朱这么说，也不反对，点点头对着白穆行礼便退下。

碧朱一见她出去，便脱了鞋袜往白穆床上钻。

"阿穆，你又梦见他了？"碧朱眨巴着眼睛小心翼翼地问道。

白穆垂下眼。

"幸亏他叫什么'阿不'，你在梦里也就是不啊不的，否则玥姑姑可全听了去！"碧朱低声道。

她与白穆是在宫外认识的，在她成为柳轼的义女前便是好友。她几乎知道白穆所有的过往，知道她有位未婚夫婿，甚至她们的相遇相识，也是因为白穆到都城来找他。

"阿穆，你跟我说说你为何叫他阿不？"碧朱凑到白穆身边笑嘻嘻道。

"因为我最初认识他的时候，他最喜摇头，我便干脆叫他阿不了。"白穆似乎见到了那个人就在她眼前冲着她摇头，两眼一弯便笑了起来。

碧朱暗暗松口气：果然，只要说到他，阿穆就会开心……

"像这样？"碧朱皱起眉头，故作审视地看着白穆，沉着声音摇头道，"非也非也，阿穆你这个笨蛋，又错了！"

白穆见她那搞怪模样，"扑哧"笑了出来。

"阿碧，有你真好。"白穆一手抱住碧朱，靠在她肩头。

深不见底的后宫里，暗不见光的宫廷里，有这样一个可以依靠、可以信赖的朋友，真好。

"唉……都怪我不好。"碧朱叹了口气，低头再看白穆，却见她呼吸渐渐沉重，正在睡去。

白穆醒来的时候,身边的碧朱已经不在。她整个人都清明许多,躺在榻上听见客栈下面隐隐传来的谈笑声,竟有些久违的温暖。

这样熟悉的热闹,入宫之后就不曾见过了。

她出了一身汗,找了件衣裳换上,再披了件袭衣,推开窗。

楼下已然点起了烛火,随行的官兵将客栈坐满,该是刚刚用过晚膳,小二正在收桌子,谈笑声很小,显然是在克制。

她环顾一眼,见厅中有一处屏风,正好将屏风后的一桌人挡住。但她居高临下,还是看得很清楚。

商少君就在那屏风之后,陵安守在一侧,与他同桌而食的是三名男子。

白穆仔细看了看,其中一名她是认识的,正是这次她需要接近的御林军总领裴瑜。暖黄的烛光下,那张脸仍旧是冷冰冰的,雪做的一般。

另外两名……

一名皮肤黝黑,双眼如炬,腰间挂了柄长剑,一身衣服干净得很,却莫名有一股沙尘气息,莫非他便是自己不曾见过的义兄柳行云?与她想象中相去甚远……

另一名男子青衫墨发,容貌出尘,看来不似官场中人,但举手投足间,气度不凡,且能与那三个人同桌而食,出身必定也不简单。白穆将随行名单里的人一一回忆过,却想不出有哪个是与那个人匹配的。

正好那个人抬头,一眼便扫到白穆所在。

白穆心神一动,那眼神,如春风似的,不疾不徐地扫过脸庞,偏偏带着不知哪里来的犀利,似乎一眼便将她看得透彻。

她不由自主地侧过身子躲开。

正好房门被推开,碧朱端着饭菜进来,笑吟吟地道:"就猜到你醒了,饿了吧?快来吃点儿东西。"

碧朱扫见了白穆那一躲闪,放下碗筷便顺着她之前的眼神看过去,正好看到商少君那一桌人。

"哦,你还没见过少爷吧?"碧朱看了一眼便替白穆布菜,"佩着长剑的便是他了。现在刚刚从边关回来,所以黑得跟包公似的。"

碧朱捂嘴偷笑:"你等着,不到半个月他就能白回来,比白面书生还白!"

白穆没顾及她的玩笑,只问道:"那名穿着青衫的男子是谁?"

碧朱又侧出身子看了一眼:"咦,不认识。"

第二章 真假恩人

白穆本想再看一看，但想到那个人的眼神，还是作罢。看了看满桌子的菜，她刚刚睡醒，出了一身汗，虽然肚饿，却没有什么胃口。

"咦……"碧朱又一声，"那公子好像指着我们这里说了什么，皇上就喊了陵安，好像是打发陵安上来了。"

白穆一怔，片刻，果然听见门外有脚步声。

"娘娘，皇上请娘娘下去一同用膳。"陵安毕恭毕敬的声音响在门外。

碧朱询问地看了白穆一眼，见她点头，便过去开门，白穆也随之出去。

莲玥一直守在门外，也随之一并下楼。

白穆的出现，让刚刚热闹的一楼渐渐安静下来，众人纷纷向她看去，却在看过一眼后马上垂下头，不敢再看。

贤妃柳如湄，整个商洛恐怕无人不知无人不晓，众人对她有好奇之心是难免，但毕竟是高高在上的四妃之一，不是他们随便能看的。

白穆一直低着脑袋，随着陵安向屏风后走去。莲玥与碧朱也紧跟着，却在屏风入口处被陵安拦住了："皇上只想见娘娘一个人。"

白穆一进去，裴瑜与柳行云便要起身行礼的模样，被商少君一手拦住："朕刚刚说什么了？"

两个人都是一笑，便又坐下。

白穆狐疑地扫了商少君一眼，行礼。

"过来。"商少君无不爱怜地招她在自己身边坐下。

白穆自然乖巧得很，只是一坐下，不由得又扫了一眼那个青衫男子。他就坐在商少君对面，似乎也正打量着她。

当着商少君的面，裴瑜与柳行云都未敢多看她一眼，他竟敢盯着她打量。

白穆垂下眼。

"可是身体还有不适？怎的这样沉默？"商少君拉住她的手，温柔地问话。

"谢皇上体恤。"白穆已经非常习惯商少君在人前对她体贴有加的模样，亦握住他的手笑答。

转念想到被他嫌弃太沉默……白穆微笑着对柳行云道："许久未见哥哥，又添几分英气。"

柳行云一怔，未料到这没见过面的"妹妹"会突然来这么一句话，但下一瞬他便笑着举杯，道："娘娘也越发明艳。娘娘抱歉，微臣自饮一杯。"

商少君放在白穆腰上的手微微一紧，白穆扫他一眼，便见到他眼底揶揄的笑意。他定然知道她与柳行云不曾见过，这是在嘲笑她的刻意演戏呢……

"半年未见，裴总管也愈显沉稳。"白穆不理会，继续笑道。

裴瑜忙举杯："娘娘谬赞！"

白穆这才不急不缓地将眼神落在对面那个人的身上，疑惑道："这位是……"

青衫公子似乎正等着这一句，微微一笑，便如蓝天下的云朵揉开来，声音更似沾着露水的微风般清润："在下慕白。"

白穆不由得怔住。

（三）饭局

白穆，慕白，还真是巧合。

不过外人只知贤妃改名"柳如湄"，原来姓甚名谁，知道的寥寥无几。

白穆默默在心中将半年来所了解到的商洛大家滤过一遍，并未有"慕"姓。而且他自称"在下"而非"微臣"，看来真不是朝廷的人。

白穆不知商少君让她下来是想做什么，他把自己的碗推给她，还亲自替她添好了菜。

她本就没有胃口，想想那是他用过的碗筷，便更不想吃了，但当着裴瑜和柳行云的面，她若不吃，太落商少君的脸面，而且不吃饭，她也不知该做些什么了。

白穆对着那慕白笑一笑，便拿着筷子闷头慢吃，听见商少君道："慕公子此番到我商洛，可欲久留？"

不是本国人？

"尚未可知。"慕白声音清淡，没有常人见到皇帝时的恭谨。

"慕公子千里迢迢至此，若有要事，陛下定竭力以助。"裴瑜的声音比起他那张冰块脸，倒是温和许多。

"尚未可知。"慕白仍是淡淡四个字。

当真不给面子。

白穆暗想。她抬眼依次扫了一眼桌面上的三个人，个个表情正常得很，就像在讨论明日吃些什么，而慕白永远回答"不知道"似的。

紧接着柳行云便笑了，黝黑的面上仿佛沾着阳光般明媚，拍着慕白的肩膀道："慕小白你还是这副德行，在座都是我推心置腹的知己，不必如此拘谨。"

白穆稍有呛到，咳嗽了两声。

这柳行云真不愧是柳轼的儿子，当年她便是信了柳轼的鬼话，今日才会坐在这里，柳行云睁眼说瞎话的本事绝对青出于蓝而胜于蓝。

外人或许会不清楚，但她在宫中一年，朝廷局势早就摸得清清楚楚。

商少君勤政，表面看来，将朝廷政务打理得井井有条，可实际上，先帝乱政十年，商少君登基之前，洛家与柳家两分天下。商少君能两方拉拢坐上皇位，已属不易。

天下谁人不知，如今朝廷平静的表面下，有三股势力在争斗，柳家、洛家，以及

比较传统的保皇派和商少君近年培植的势力。

而桌上这几个人，除了慕白以外，正好代表了那三方势力。

裴瑜身为御林军统领，是洛家一手提拔，自不用说，是洛家安插在商少君身边的移动眼线。

商少君对他恐怕是恨不能处之而后快吧？

柳行云自小便进宫做太子陪读，传闻与商少君亲如手足，但他是柳轼的儿子，商少君与他怎可能真心相交？

再说，白穆看慕白那语调声色，可不是拘谨，是没把在座几个人放在眼里。

"慕白有件事想请教娘娘。"慕白话锋一转，竟将眼神落在了白穆身上。

白穆还未反应过来，商少君已替她答道："慕公子尽管讲。"

"娘娘为何会叫柳如湄？"

一句话，问得白穆再也吃不下，转眼看其他几个人也是怔住，显然也未料到慕白会问出这样大胆的问题。

关于贤妃改名柳如湄的问题，白穆丝毫不怀疑，民间传闻绝对比宫中更丰富更精彩，这慕白怎会不知？

白穆僵硬地扯了扯嘴角，不知如何回答，慕白却目光灼灼地盯着她，不欲跳过这个问题。

莫非要她亲口说出来自己不过是个替身，假的丞相之女，假的得宠贤妃，还要用相似的名讳取悦圣心，所以叫"如"湄？

白穆再次扫过商少君，发现他短暂的诧异已经变成好整以暇的神态，似乎在等着看她难堪。

从初入宫时咋呼天真的"野蛮女子"，到今日从容淡定的端庄贤妃，白穆不得不承认，很多时候，"淡定"都是靠装的。

这一年的后宫生活，让她学到了一项非常实用的本事。

两耳不闻屋内事，一心只做聋哑人。

她眼观鼻、鼻观心，若无其事地端起饭碗继续吃饭。

"只因家父与小妹一见如故，又因舍妹柳湄遇害……"柳行云出声打破僵局，说到柳湄时，阳光的面容上略显阴霾，叹息道，"家父收小妹为义女时替她改名如湄，也不过是为了成全心中那点儿念想。"

白穆眼都未抬，只叹柳家父子还真是技承一脉，相似的话说起来连表情都差不离，一样地以假乱真、不露痕迹。

当初柳轼找到她，形容憔悴，眼神焦虑，称思女心切，请她尽心一仿，以慰他念女之心。

那时她尚算天真，只觉自家爹爹若是没了她，定会伤心死，当即应允，学着柳湄的模样喊了一声"爹爹"。

也是那一声"爹爹"，让柳轼热泪盈眶，执意收她为义女，并声称只要做他的义女，必定能替她找到想找的人。

不过那时他可不曾说做他的义女是要进宫的，也不曾说做他的义女要改姓名，更不曾说做他的义女，今后便只能活在他亲生女儿的阴影下。

"慕小白，你若是好奇舍妹的事，我下次再仔细说与你听。"柳行云爽快地举杯自饮。

短短两句话便将刚刚慕白那一句不合时宜的问话化解得干干净净。

第一句给了慕白解释，第二句表示慕白只因对柳湄好奇，才会有此一问。

毕竟柳湄名盛，又已故去，对她好奇，总比对商少君的宠妃好奇来得妥帖。

白穆再次感叹他不愧是柳轼的儿子，正好一碗饭吃到底，她就势起身向商少君行礼道："臣妾已用完膳，先行告退。"

被四个男子围观吃饭，确实不是什么自在的事情。

"听闻慕公子擅骑术？"商少君无视白穆，抬眸对慕白笑道。

慕白颔首："略知一二。"

"湄儿从夏天便闹着要学骑马，可惜今年秋狩未能成行，宫中事务繁多，朕一时抛在脑后。慕公子这几日若得闲暇，可愿稍加指点？"

商少君温柔地扫过白穆，眸中的宠溺之色不加掩饰，看得白穆的眼皮都忍不住抖了抖。

今年还未入夏她就和商少君闹翻，别说闹着学骑马了，她能有机会在他面前完整地说完"学""骑""马"三个字都属异数。

白穆察觉到一道清凉的目光掠过自己，随即听那个人道："好。"

"如湄先行谢过慕公子。"

白穆识时务地行谢礼，但心思一转，又对着柳行云道，"如湄太过愚钝，恐太麻烦慕公子，哥哥可否相陪？"

她不知商少君为何把自己往慕白身边推，但借着这个由头，正好可以为自己做点儿事。

毕竟嫔妃与异国男子孤男寡女共处，也的确不太好……

柳行云稍作沉吟，便道："微臣昨日刚刚与陛下说好一起猎熊……不若，让裴总领随侍左右？不知陛下与娘娘，当然还有裴总领，意下如何？"

白穆暗道柳行云果然和柳轼串通过，她的目的本就是借此机会接近裴瑜，却不好直接开口。柳行云如此一推，便顺其自然了。

"一切听陛下调遣。"裴瑜拱手道。

"哈哈，那裴瑜你便随着慕公子一道教湄儿骑马吧。"商少君开怀大笑。

白穆眼都不抬，生怕对上商少君透亮的眸子，便被他一眼看穿。

（四）献美

沥山偏北，越往北走，天气越冷。碧朱觉得白穆的病定是因为她将车窗大开才吹出来的，后面几日都不让她再受半点凉。

从都城出发，到沥山行宫约莫走了五六日。行宫建得华贵，即使是刚刚入门的大厅，都铺满了价值不菲的暖玉，据传是因为先帝怜惜贵妃体弱，怕屋子里的寒气伤身，因此不顾众人反对，花了大力气在山间修出这样一座奢豪的行宫。

宫中修有摘星阁，宫外修有沥川行宫，可见那位贵妃当年当真受宠呢。白穆好奇问了碧朱两句。碧朱向来对这些八卦上心，当即惊讶道："阿穆你居然没听说过华贵妃吗？当年宠极一时，你初入宫就有许多人把你和华贵妃相提并论呢。"

"可惜天妒红颜，华贵妃过世得早，否则当今太后可……"碧朱说到什么宫中禁忌似的，打了打自己的嘴巴，"这么开心的时候，不说这些晦气的了，我出去看看外面有什么好玩儿的。"

白穆住的就是当年那位华贵妃的房间，不用出门就有一口温泉。她乐得如此，碧朱却闲不住，一到宫外便如脱缰的小野马似的，日日往外跑。只是歇息过两日之后，白穆也不得不出门，开始"学骑马"。

冰天雪地里学骑马，倒也别有一番滋味。

马场已经被人收拾干净，并没有积雪。但天气仍旧冷得让白穆双手僵硬。起初白穆还好奇商少君让慕白教她骑马到底是何用意，但几日下来，慕白除了一些必要的话，基本和裴瑜一样，沉默不语。只是裴瑜面色冰冷，像雪，而他面色温和，像云。

"慕公子可是来自贡月？"这日白穆终于可以骑着马在马场慢跑一圈，见慕白似乎心情也不错，便主动搭话，"贡月有着五国内最大的草原、最强健的马，你骑术这样好，必是来自贡月国吧？"

慕白骑在马上，一派温润模样，摇头笑道："在下白子洲人。"

白子洲？

白穆略略想了一想。

天下五分。除商洛外，尚有东昭、祁国、南临、贡月四国。五国当数东昭最为强大，贡月最是弱小，却互相牵制，维持了近百年的平衡。而白子洲……是五国之外的一个小岛。虽小，却颇有些神秘，她入宫前从未听过，还是后来翻阅五国历史时才知道这样一个小岛的存在。

看他气度不凡，必是白子洲的达官显贵，商少君留住他是为了拉拢白子洲？

"娘娘又来自何方？"慕白浅笑问道。

"我啊……"离了皇宫，白穆不再那般拘谨，面对慕白，又莫名轻松许多，她转了转眼珠，"我自然是来自皇宫。"

她笑着扬鞭，身下的小红马嘶鸣着向前。

宫外的空气很新鲜，不用对着丞相，不用对着太后、商少君，很是轻松。白穆骑着马儿奔驰，仿佛很自由。

但商少君此次出宫，不可能太久。

往返的路上都用去十日时间，在行馆最多待上五六日。

她再等不得了。白穆余光扫过一直在旁边看着她的裴瑜，笑容一寸寸收敛，慢慢夹紧马肚子，用力扬鞭。

小红马的性子本是温驯，但白穆这样驱赶，令它也狂躁起来，快速向前奔去。白穆紧紧皱眉，任由风刀划过脸庞，心中不断推演待会儿她从马上摔下，裴瑜救她，她顺势偷出他怀里令牌的场景。

以前她在市集见过不少小偷作案，学学他们应该也不会太难。

"娘娘……娘娘小心！"果然，不过片刻身后就传来裴瑜紧张的叫喊，"娘娘放开马肚子！抓紧缰绳！"

白穆当然没照着他所说的来，反倒把力气往相反处使，看着自己跑出马场，到了一片空旷的雪地，瞥见裴瑜就要追上，双手一松，整个身子摇摇晃晃地跌下马去。

预料之中地被人救下，预料之中地在雪地里打了几个滚，预料之中地安稳停下后，看到的却是预料之外的那张脸。

慕白的一身白衣仿佛与雪地化为一体，一片苍茫的雪色里，五官显得更加剔透，黑色的眸子带着些许茶色，干净得不掺杂质，略有诧异地盯着她。

白穆未料到会是慕白来救她，被抱住那一刻已经像脑中预演的那样探向他胸口偷出一块玉牌，乍一眼见到慕白的脸，霎时愣住了。

偷了他的玉？是否被发现？还回去？怎么还？

一时间白穆脑袋里闪过无数念头，却忘记自己正趴在慕白身上，盯着他的脸与他近在咫尺。

第二章 真假恩人

慕白却是突然一个翻身，将她压在了身下，动作间右手压到她左肩的衣衫，几乎露出她整个肩膀。

白穆抬眼便见他正专注地盯着自己的肩，双颊腾地火红，慌乱间大喝一声："大胆！"

表面看来不惹尘埃的慕白，居然会是个这样轻浮的登徒子！

白穆毫不犹豫地将他推开，见到他眼底的诧异一闪而过，裴瑜正好赶来，在她身前跪下："卑职一时疏忽！请娘娘降罪！"

目的没达到，还被人占了便宜！白穆心中愤愤，也不想应答，各瞪了裴瑜和慕白一眼，堵着一口气便走了。

回到行馆，碧朱一眼见白穆的发髻松了，衣服都湿透了，面色也不大好，惊道："娘娘，您这是怎么了？我去给您拿套衣服。"

碧朱匆忙往里间去，白穆看了一眼立在一旁沉默不语的莲玥，才突然想起自己手里还握着慕白的玉牌。

"娘娘，先去泡泡泉水驱寒吧。"莲玥恭顺道。

白穆握了握手上的玉，低声道："你先出去吧。"

莲玥俯身："是。"

临走前又顿了顿，道："奴婢提醒娘娘一句，时日不多，莫要忘了太后的交代。"

白穆"嗯"了一声，算是应答。

沥山温泉水，据传功效神奇，连续泡上七日，便能让肌肤白若冬雪，滑如凝脂，若吞咽下肚，更有活血化瘀、接骨续筋的奇效。白穆也不知这些民间传言是真是假，她泡了四日，除了她身上的寒气被迅速清除，没发现什么大的改变。

白穆趴在浴池边上，琢磨了一会儿太后的"交代"，不由自主地分了神。

枉她一直琢磨商少君让慕白教她骑马到底是何心思，今日总算窥见一斑。这个白子洲来的清高公子，对商少君不卑不亢，对那日饭桌上一君二臣的拉拢更是兴趣缺缺，唯独对她这个"宠妃"有意，让她下楼吃饭主动问其姓名，那点儿男人间的心思，凭着商少君的精明，一眼就洞悉了吧？

所以才巴不得像礼物一样把她送出去。让慕白来教她骑马，不过是想讨好这位白子洲来的贵客。

"阿穆，再泡上三日，说不定这里就会全好呢。"碧朱在一旁不停地将泉水往她的左肩上洗。

白穆心中正郁郁，转头看到自己的肩膀，又想到那位慕白公子欲要轻薄她时的表情。

他是在惊诧，身为商洛最受宠的妃子，肩膀上竟会有这样可怖的一块疤？

白穆往水下沉了沉，将伤疤遮住。

又想了想，浮上来，让它露出水面。

万一真像阿碧说的，泡一泡就没有了呢？

这印记，是鉴证。

鉴证她的苦守并非一场梦。

那时她和他在山上打猎，遇到野狼，她唯恐野狼伤到他，不顾一切地将它引开，结果便是肩膀上少了一块皮肉，多了尖深入骨的狼牙印。那时她几乎丧命，迷蒙中听到他一声又一声的呼唤才醒来。也是在那时，他在连理树上挂满了同心结，写上他们的名字，说他们的命捆在了一起。

那之后，他们准备成亲。

她以为他们再也不会分开，就像那些鲜红的同心结一样。

"都说皇上是情痴，我看你才是情痴！"碧朱像是看穿她在想些什么，无奈地点了点她的脑袋。

白穆靠在浴池边上，眨了眨眼，没有言语。

"听闻爱妃今日从马上跌下来了？"突然灌入一阵冷风，伴随着商少君听起来尚算愉悦的声音。

白穆与碧朱都是一怔，商少君进来，外头的人居然没通报。

"皇上，臣妾现下并未上妆，皇上还是莫要入内。"白穆一面说着，一面从温泉里出来，碧朱也连忙给她穿衣。

温泉在房间最里，也不知商少君是否听见，白穆刚刚穿好衣服，便见他挑帘进来。

商少君今日穿了身黑色的锦袍，斗篷都还未脱去，上面沾满了雪水，显然是刚刚回行宫便来了这边。他一脸愉悦地上下打量了低着头的白穆一眼，笑道："看来爱妃无碍，朕放心了。"

白穆在心中自嘲地笑了声，面上却恭顺得很，俯身道："谢皇上厚爱。"

碧朱快速行过礼后，上前替商少君脱下斗篷，便自觉地退下。

"今日朕与柳将军在山上寻了一日，终于寻到熊的踪迹，明日应该就能找到它的所在。"商少君就近在身边的矮榻上坐下，这会儿他显然非常高兴，说话时眉梢都扬了起来。

第二章 真假恩人

"皇上英明神武。"白穆仍旧俯着身子。

"明日若是猎到熊,朕送你一对熊掌如何?"商少君又笑道。

"谢皇上重赏。"白穆淡淡道。

商少君的笑容缓了缓:"起来吧。"

白穆站直了身子。

"这温泉水泡起来可还舒适?"

"臣妾甚喜。"

"这几日朕忙于猎熊,今日才得闲来看你。"

"谢皇上挂心。"

商少君顿了顿,才又问:"为何一直低着头?"

"臣妾刚刚沐浴完,还未上妆。"

她一直低着头,也不抬眼看商少君,只垂着眼皮看着湿漉漉的地面。不远处商少君绣着龙纹的长靴上沾着湿泞的泥,还有些将化未化的雪,沾在靴子上,春天的柳絮似的。

商少君没有再说话,突然的沉默让屋子里只听到引来温泉水的竹管里轻轻的窸窣水声。

白穆似乎早就习惯与商少君这样的对峙,他不言,她也不语,他不让她抬头,她便一直低着头。

"倒也是……"商少君的声音再次响起时,带着惯有的浅淡笑意,"今夜让碧朱把你的妆上得仔细些。"

"臣妾遵旨。"白穆再次行礼,便见那双黑靴的主人站起来,踱着步子向外走去。

这夜是入住行宫以来的第一次晚宴。

白穆直至昨日才知晓这样的深山里头,居然有人常住的,而且是一个不小的部族。这夜整个部族的长老贵人都出现在行宫,随行官员也都出席,整座行宫灯火通明,映得不远处的雪山格外好看。

因着莲玥今日特地叮嘱太后的交代,白穆特别注意了一下这个部族的女子。

虽说常年居住在天寒地冻的高山上,但那些女子个个细皮嫩肉,眉清目秀,跟雪做出来的似的。

"听说裴总领就出自这纳雪族呢。"碧朱在白穆耳边嘀咕。

白穆不由得扫了裴瑜一眼,突然间明白为何裴瑜总是一张冰块脸了……

"皇上大驾远临纳雪族,草民等不胜荣幸,亦不胜惶恐。"纳雪族的族长白须过膝,目光柔和,说起话来中气十足,带着一众族民伏地恭谦道,"草民特备纳雪族迎客之舞,祝皇上万岁万岁万万岁,贤妃娘娘千岁千岁千千岁!"

这一声"万岁""千岁",回旋在雪山间久久不得散去。随之响起空旷的鼓声,清灵的筝曲,悠扬的笛声,融成一曲,空灵别致。

白穆听着听着,便觉得眼前有无数雪花迎着月光洋洋飘落,春日的桃花瓣一般,美不胜收。月下一名女子仿佛在雪中苏醒,轻薄的纱衣仿佛晨间的雾气,萦绕在雪中迎风起舞,随着音乐的起伏,那舞姿越来越美,仿佛浑身聚集了无数光芒,让人挪不开眼。

白穆整个人都看得呆住。

一曲终,那女子终于不再似光似舞,活生生地跪在了主座前,刚刚一抬头,遮住面容的轻纱便落下。

白穆又是一愣,这女子,用"绝色"来形容毫不为过。

绝色女子倾情一舞,跪在自己眼前嫣然巧笑,若她是商少君,也无法拒绝。

白穆默默想着,若太后中意的是这名女子,哪里还需她推波助澜?她看了莲玥一眼,见她轻轻点头,便再看商少君一眼。

商少君也不愧是一国之主阅人无数,面对如此绝色竟还是一贯的从容模样,眼底并无波澜地带着笑意,看着下跪的女子。

"小女裴雪清参见皇上,参见贤妃娘娘,皇上万岁万岁万万岁,娘娘千岁千岁千千岁!"

声音也跟珠玉落地似的,真是不可多得的妙人。

白穆再次看向商少君,见他只是淡淡道:"免礼。"

裴雪清起身,恋恋不舍地看了商少君一眼,见他再无表示,眼底是掩不住的失落之色,缓步退下。

白穆见势忙道:"这样可人的女子、这样美妙的舞姿,若能在宫中常见,必能为皇上排忧添趣。"

裴雪清闻言,顿住身形,双目含羞地再次看向商少君。

商少君却是看着白穆,面上是人前常见的宠溺之色:"不若赏去你宫里?左右你宫里宫人太少了。"

白穆没想到商少君有了台阶还不顺着上,收去她宫里做宫女,必然不是太后所想,只好讪讪笑道："皇上厚爱，臣妾向来喜静。"

商少君不再多语，裴雪清更加失落地退下。

接下来，又是晚宴上常见的歌舞，官员君臣之间的各种恭维奉承，白穆觉得无趣得很。只想着柳轼让她做的事她未做到，太后交代的事情也未做到，倘若就此回宫，他们俩又会怎么对付她呢？

能怎么对付她呢？

白穆看了看碧朱，将手中的酒尽数倒入喉中。

若她实在没办法从裴瑜那里拿到令牌，是不是可以求助于柳行云呢？

她看了一眼下座的柳行云，尽管常年驻守边疆，他仍旧继承了柳轼的所有优点，能说会道，极为圆滑，早和下面官员打成一片。

连着喝了几杯，白穆便不想再在这样略显嘈杂的环境里待下去了。

在外人眼前，商少君总会握住她的手。此刻她反握住，对他笑道："皇上，臣妾乏了，可否先行退下？"

商少君转首看着她笑，温柔得白穆几乎辨不出真假。他伸手蹭了蹭白穆的脸颊："去吧，等着朕明日给你的礼物。"

天冷，饮的酒便烈。白穆才喝了几杯而已，站起身时已经有些不稳，碧朱和莲玥扶着她离开会场。

入房之前，白穆一如既往地打发莲玥先行休息，只留下碧朱一人。

"咦，出去前我特地留了灯的，怎么灭了……"碧朱推开门，率先入内，拿出火折子点灯。

"咦……"碧朱又一声，却突然闭嘴了。

白穆关了门，跟着入内："怎么了？"

碧朱警惕地看了看关着的门和窗，低声道："阿穆，多了封信。"

白穆的眉头微微蹙起，接过碧朱手里的信封，拆开便见白纸黑字一句话——"明夜子时，马场，玉佩换令牌"。

白穆这才想到，今夜晚宴，并未见到慕白。

（五）意外

此次沥山之行，与其说是去泡温泉，不如说是去打猎的。除了睡觉的那几个时辰，商少君几乎每日都在和柳行云带着人马往雪山上去，想要猎熊。

这日也是一样，不过他不再带着人马，只是和柳行云两个人上山了，称人太多，容易惊动猎物。

白穆不知他哪里来的那么旺盛的精力，她只要想到昨夜那封信，便什么都干不了。

到了傍晚时分，她开始担心，那慕白心思如此细密，竟能从她拿走他的玉佩推断出她想要裴瑜的令牌，万一有其他企图怎么办？即便她相信慕白，若是商少君回来，今夜要在这边过夜怎么办？即便商少君今夜不过来，马场离行宫那么近，若是中途被人发现怎么办？

这样的担忧一直持续到亥时，商少君和柳行云的迟迟未归带来了小小的骚乱，裴瑜带着一批人马上山找人，行宫的守卫瞬时稀少许多。白穆只觉得天意如此，决定子时冒险一试，毕竟她找不到更好的法子拿到裴瑜的令牌。

碧朱虽然知道此事危险，但她不会武，自知跟去只会拖后腿，便老老实实地待在行宫，不停叮嘱白穆。

"你好歹也是我商洛最最受宠的妃子，若是有什么意外不要怕他，任他们再神秘，十个白子洲也是抵不上我商洛国富民强的。"碧朱一边替白穆系紧披风，一面道，"实在不行你就大喊，那里离行宫这么近，肯定会有人去救你的。"

白穆只静静地听着，嘴角不由得带了笑。

"路上雪滑，你小心些别摔着了。若是被人发现，就赶紧折回来，不去便是了。做不到老爷也不能把你怎么样。少爷很好说话的，到时候我去求求他，说不定也没什么事……"碧朱拉着白穆的手，担心地犹疑道，"阿穆，不如……不去了吧？"

白穆笑着抱了抱她："没事的，我马上回来，等我好消息。"

说着不再等碧朱的下句话，白穆打开门便走。

这夜她简单地扎了个髻，穿着黑衣，素颜，被人发现也不会怀疑是"贤妃"。她小心翼翼地躲过四处巡逻的御林军，紧张得连寒冷都忘了，只见着机会就往侧门挪。估计柳行云带走了大半随行军，行宫略偏僻一点儿的地方就空荡荡的，让白穆的动作

方便了许多。

行至侧门,守门的人都没有,她顺利出门,才发现并非没有,而是都被打晕了躺在墙外,心下再次感叹慕白的心思细腻。

一路飞奔到马场,大冷的冬日,白穆沁了一背的汗水,见到慕白安详地在马厩边喂马儿吃草,目光扫到他温煦的脸,白穆才稍稍放下心来。

也不知为何,即便有了昨日下午的事情,可看到他这张脸,便觉得他不是坏人。

"慕公子,我要的东西呢?"白穆开门见山,压平了气息问道。

慕白抬首见她,微微一笑,眼底的光芒便像温泉水般缓缓荡开:"我的玉呢?"

白穆犹疑了一下,从胸前衣襟里取出那块玉牌。

那玉的质地自是不说,上面刻了个"白"字,许是他们白子洲什么重要的物什。

"慕公子可否先将我要的东西给我?"白穆握紧了手上的玉,不掩防备地看着慕白。

慕白又是一笑,慢条斯理地从袖中拿出令牌,递到白穆眼前:"裴公子的御林军令。"

白穆仔细看了看,这东西她在裴瑜身上见过,一般她见过一眼的东西便不会忘,就算是做的冒牌货她也完全辨认得出来。

眼前这令牌,还的确是真的。

但白穆还是有些不相信慕白会这么轻易地将令牌交给她,狐疑地看了他一眼,见他笑容真诚,眼底的温煦也不似做戏,才缓缓伸出手,拿回令牌。

"你……就是要回玉牌这么简单?"白穆问。

其实她在犹豫要不要把玉牌还给慕白,毕竟她手无缚鸡之力,万一慕白拿到玉牌之后出尔反尔呢……

"娘娘若是要留着也无碍。"慕白轻笑道,"那不过是母亲交给我,赠予我未来妻子的定情信物而已。"

白穆心中一窒,递出玉牌:"还给你吧。莫要怪我小人之心,公子若是了解皇宫为何地,也定能体谅我……"

慕白却不立刻伸手去接,只道:"娘娘不喜皇宫?"

白穆皱眉,这慕白,对着旁人也没有这么多废话:"玉牌你还要不要了?我要回去了。"

"既是不喜,不知娘娘为何会入宫?"慕白微微笑着,没有要接过玉牌的迹象。

"本宫需得速速回宫!慕公子请注意自己的身份!"白穆低斥。

"在下唐突。"慕白接过玉牌,拱手赔礼。

白穆不欲与他多说，转身就走，却见不远处的一座山头仿佛挂满了星辰，明亮的火把像是一条巨龙在山头盘踞，照得雪光都带了别样的昏黄。

白穆心下一跳，更是加快了步伐，还未走出马场便与奔来的碧朱撞了个满怀："阿穆！刚刚少爷带伤回来，说他和皇上在山上遇到刺客，皇上受伤失踪。他带着行宫剩下的全部人马一起上山了！我见没人管，便来找你。"

刺客？受伤？失踪？

白穆又看了一眼蜿蜒得巨龙似的火把，突然觉得手里的令牌烫手。

柳轼要御林军总领的令牌，商少君偏偏在与柳行云单独相处的时候遇到刺客，是不是他们早在策划政变，这一切都是他们的安排？

白穆转身便奔向马厩，却被人一手拉住。

"娘娘姓穆？不知是哪个穆？"

白穆第一次觉得慕白这样讨厌，咬着唇甩开他的手，奔到马厩找到她的小红马，翻身上马。

碧朱这才反应到还有旁人在，连忙改了口，跟在白穆身后大喊："娘娘！娘娘！山路险滑，不宜骑马！"

但白穆好似未听到她的话，扬鞭就走。

碧朱都未料到白穆会有这样大的反应，跟在白穆身后跑："娘娘！骑马危险！你别骑那么快！"

碧朱的叫喊声被厉风一刮即散，白穆充耳不闻，只在脑中重现慕白教她骑马时的各种要领。

她才学会骑马两日而已，但她自信并不笨。就像她入宫前大字不识，如今她读完的书卷已经能堆满半间朱雀宫。

许多东西，她见过一眼，便不会再忘。

白穆策马疾驰，朝着火龙的方向，也不知用了多久，看到黑压压的人群聚集在山腰，听到嘶鸣的马声皆是一怔，回头看住她，用看陌生人的眼神。

"皇上呢？"白穆的声音被寒风吹得有些沙哑，一句话问出口，竟没有一个人回答。

白穆稳了稳气息："本宫贤妃柳如湄！"

话音落地，正好人群簇拥中出来一个人。

"裴总领，皇上呢？"白穆直接问裴瑜。

裴瑜是见过白穆素颜模样的，因此只是愣了一愣便反应过来，拱手道："回娘娘

的话,柳将军已经带人进去寻找,我等在此处围堵刺客!"

"蠢货!"白穆大斥。

众人第一次见向来端庄的贤妃这样大的火气,皆是一愣。

白穆骂是骂,却不能解释下去。毕竟她怀疑柳行云有意陷害商少君,总不能光明正大地说出理由来,她自己都还算是柳家人。

"本宫要上山。"白穆冷声道。

"娘娘,山上可能还有刺客,娘娘不可上山。"裴瑜跪下道。

"让开!"白穆的焦急溢于言表。

"卑职明白娘娘担心皇上的安危,但娘娘上山帮不到忙,娘娘慎行!"裴瑜不肯让道。

"本宫命你让开!"白穆大喝。

裴瑜却还是不动。

"娘娘,奴婢带您去。"

白穆还未听清来者的声音,身子一轻,被人带着飞快越过聚在山腰的御林军。御林军反应不及,竟没有一个跟上。

"玥姑姑?"白穆诧异地看着用轻功带她前行的女子,她从未见过哪个宫女会武的,看起来武功还不差。

一路风很大,遍地的雪,不时能听见附近有人高唤"皇上"的声音,白穆看着一望无际的白和零星的几点火光,心中像是缺了一个大洞,任由冷风呼啸着直灌而入。

"娘娘,您想往哪边走?"莲玥低声问道。

这些日子莲玥虽然一直在身边,但白穆觉得她是太后的眼线,和碧朱一样不太待见她。譬如此刻,她竟不顾御林军反对,众目睽睽之下带着她上山,白穆便在猜测,她是出于什么目的。

"人少的地方。"但她也顾不及那么多了,只要能顺利找到商少君就好。

莲玥果然带着她越走越偏,御林军的喊声渐渐消失,路也越来越黑,莲玥拿出了火折子。

"你为何要带我进来?"周围太过安静,又冷,若不说点儿话,白穆只怕都不知道自己是否还活着。

莲玥的声音仍旧冷静:"奴婢从未见过娘娘如此激动,想必自有缘由。"

"待会儿若有什么事,你便自己先走,不用管我了。"

第二章 真假恩人

"奴婢既奉太后旨意随娘娘左右，必保娘娘安全。"

莲玥的话刚刚落音，一股寒气逼来，响起清脆的兵刃交接声。

暗处蹿出几名黑衣人，各个手执长剑，莲玥一把将白穆推开，喝道："娘娘先走！"说着便与那几个人纠缠起来。

白穆毫不迟疑地继续往深处走，既然有刺客，至少说明方向是对的，至于商少君……

商少君，你一定不能有事。

白穆也记不得自己到底向前走了多久，一片黑暗中她忍不住大喊："商少君！"

走到最后，她喊的力气也没有了，只是固执地往前走，直到一声声野兽的嚎叫打破暗沉的静谧。白穆所有的精神都集中了起来，只朝着野兽嚎叫的声音跑去。

不多久她便看到了传说中的熊。

商少君心心念念要猎到，昨日还说要送她一对熊掌。可现下那只熊浑身浴血，一掌已被砍下，另一掌正对着前方的人挥过去。

白穆来不及多想，抽出自己藏在靴子里的匕首，对着它的眼便投了过去。

那熊浑身是血，它身前的人同样浑身是血，尽管没有野熊接下来的一击，他仍旧踉跄着倒了下去。

白穆几乎是急不可耐地奔过去抱住他，也不管自己是不是离那只熊更近了。

野熊已然暴怒，此时再受一击，更是怒不可遏，一双眼里透着幽蓝的嗜血光芒，盯着白穆就一掌拍下来。

白穆紧紧抱着晕厥的人，声音细小却不断重复地喊着："商少君……"

她整个人将商少君挡住，似乎这样一挡，那只熊只会伤到她，而不会伤到她护着的人。

疾驰的厉风在耳边闪过，白穆只觉得背后一阵剧痛，两眼蓦然迸出血光，耳边都是"嗡嗡"的响声。

血光，腥气，嗡响。

时间仿佛在这一刻静止了许久。

许久之后白穆才清醒过来，发现背后撕裂般的疼痛，而自己还活着。

她忍着剧痛挺直身子，四下望去。

白雪尽数被鲜血染红。

十几名刺客的尸体静悄悄地躺在那里，刚刚狂性大发的野熊身上有几处深可见骨的伤口，断了一掌，直到现在还在淌血，只是它的眼神已经模糊，不知是短暂的晕厥

还是已经断气。

而她护着的商少君，浑身冰冷，身上有剑伤，流出的血带着黑色，应该是中毒。内伤她看不见，只知道他几乎已经没有了气息。

滚烫的眼泪只在一瞬间就流下来。

她以为她已经流够了眼泪，她以为她已经足够坚强，她以为她一定会等到她要等的人。

"商少君，商少君……"

她抱住他，希望自己的体温可以给他少许温暖，希望自己的呼唤能让他再睁开眼，就像他曾经将她唤醒的那样。

不知是因为自己心底泛起的绝望让她的身体渐渐冰冷，还是背上不断流出的鲜血让她的意识愈渐模糊。

迷迷糊糊中，白穆似乎回到一年前那个大雪纷飞的夜晚。

她初见商少君的那个夜晚。

那时，她在商都找阿不五个月了。

那时，她满心期待地在商都等着爹娘来与她团聚。

那时，她缝好了嫁衣等着"义父"帮她找来她的未婚夫婿。

静谧的小院里落下了那年的初雪，她时不时地看一看渐渐被白雪覆盖的小路，看到阿爹熟悉的身影时连忙端上热好的菜。阿爹却一把推开门，拉着她的手便要走："傻丫头！丞相的义女是那么好做的？我带你走！"

她不愿，阿爹却说："你不知皇上已下圣旨，召丞相义女入宫？你想一辈子待在后宫不成？"

她整个人都傻了，包袱都来不及收拾，跟着阿爹往城外跑。

他们在城门口被拦了下来。

满满的御林军，穿着银白色的盔甲。

为首那个人独骑马上，明黄镶边的锦衣随风飘摆。

她稍稍抬头，就被城门口耀眼的火光刺得睁不开眼，只感觉到暗黑天空下飘来的雪粒子打在脸上，沙子一般，看着他骑在高马上慢慢地走近她，逆着光的脸越来越近，她被阿爹勒令低头，却被他一手抬起下巴，盯着她，笑着问："你就是柳如湄？"

然后她看到了他的脸。

眼泪猝不及防地盈满眼眶，她惊喜地搂住他的脖子："阿不，你终于回来了！"

（六）恩人

"阿不，你终于回来了！"

白穆浑身一个激灵，猝然恢复了知觉。

身上很冷，心底却像有一团烈火在燃烧，支撑着她移动麻木的手脚。

她站起身，点着火折子，看了看那只野熊，确定已经没了气息，环顾四周，没发现可以蔽身的山洞。她冷静地回到商少君身边，没有再喊他，也没有再哭泣，深吸一口气，用力将他拖到野熊的身边。

野熊个子大，皮厚，体温尚未完全冷却，贴在它身边总比埋在雪地里好。

接着她回忆了一下来时的路，顺着原路返回。

来时路黑，她又焦急，并未注意自己竟还穿过一片树林。尽管是冬日，林子里只剩下落着雪的枯木，但这样一片林子，极容易迷路，若不是白穆记性好，恐怕会在里面不停地兜圈子。

因为来时横冲乱撞，白穆也弄不太明白她到底走的哪条路，只依着感觉不停向前。

她留在商少君身边只是陪着他等死。

她得出去找人来救他。

她一定要走出去，哪怕只剩最后一丝力气。

这个夜晚似乎十分漫长，暗沉的东方似乎永远不会再被晨曦点亮。白穆受伤的后背一直在流血，尽管她察觉不到；她的步子越来越缓、越来越小，她也未察觉到；甚至天空下起棉絮似的雪花，她亦未察觉到。

直至她隐约看到一个人影，恍惚见到那个人的脸，觉得是可信赖之人，心下蓦然一松，整个人都瘫软下去，跌在雪地里紧紧拉住那个人的衣袂："商……商少君……救他……"

碧朱在行宫等了整整一夜，直至凌晨时分，日头东升，将雪山顶端照出灿亮的金黄色，寂静无声的行宫才渐渐有了人气。

许多与她一样的宫人聚集在行宫门口，一见到大队人马和明黄色的幡旗便齐齐跪下。碧朱瞥见十六人抬的软轿被帷幔罩得结结实实，一众人等面色虽是凝重，却少了

许多恐惧与不安,想是皇上已经找到了。

这队人马到达之后,随行的御医也跟着忙碌起来。

碧朱等了许久,未见白穆的身影,想去打听,任何人都不回答她的问题。只说皇上已无大碍,不说御医救的是谁,也不说到底是否见过贤妃,求见皇上也是无果。

直至正午,日头照得积雪的光芒格外刺眼,碧朱在商少君的房外跪了足足三个时辰,陵安才从屋内出来。

"阿碧姑娘,你在这儿跪着也是无用,回去等消息吧。"

碧朱一下子就哭了起来,对着陵安磕头:"陵公公,阿碧长在丞相府,还从未这样求过人,今日就算求求您,您告诉我,里面的人到底是不是我家娘娘?皇上无碍,我家娘娘呢?只要公公一句话,阿碧就不在这里碍您的眼了。"

陵安重重叹了口气,扶起碧朱低声道:"去门口等着吧,若是今夜还不回来,恐怕也是回不来了。"

碧朱瞪大了眼,盯着陵安。

陵安是商少君的贴身太监,跟了商少君十几年,尽管如今商少君做了皇帝,他的性子仍旧温顺:"柳将军已经率人在山上找了,你去等着消息就是。"

碧朱失神地点了点头,皇上找到了,阿穆又失踪了?

这一日过得异常缓慢。从前碧朱喜欢冬日,觉得雪漂亮,可以堆雪人来玩儿,穿着厚厚的棉衣特别温暖,还有特别安全的感觉。可这一日夕阳洒在银白色的雪地里时,碧朱只觉得苍白,一切都苍白到令人害怕。

是她不好。

都是她不好。

当初她和白穆相识,是因为白穆在酒楼说书。每三日一个酒楼,整个都城的酒楼几乎都被白穆转了个遍,每到一个酒楼她都能模仿那酒楼当红的说书先生说书,说得一字不落,动作表情都惟妙惟肖。那时"穆先生"红遍都城酒楼,她觉得好奇,便老是去看,结果发现,"穆先生"并非先生,而是个大姑娘。

而"穆先生"每次在说书结束时讲的阿穆和阿不的故事,其实是她自己的故事。

那时都城人人都知道,有个叫阿穆的姑娘在找她的未婚夫婿阿不,他们在连理树下定了终身,却在选嫁衣时走散。

那时正值当朝太子与丞相之女柳湄婚期将近,碧朱识得白穆之后,常常带她去丞相府偷偷看柳湄,其实是看她的嫁衣,因为白穆说要制出一件最最漂亮的嫁衣来。

第二章 真假恩人

可惜喜事变丧事，柳湄意外身亡。碧朱自然伤心不已，见自家老爷仿佛一夜苍老，便想到了白穆。

白穆擅仿，若她能在老爷面前学一学小姐，或许能缓一缓老爷的思女之心。

碧朱当时的想法只有这样简单而已，于是向柳轼引荐了白穆。

却不想，这一荐，改变了白穆的一生。

若不是她，阿穆不会进宫；若不是她，阿穆不会在宫中吃那样多的苦；若不是她，阿穆今日也不会生死未卜。

碧朱甚至暗暗下了决心，若是白穆这次真的出事，她马上便随她去了，到地府向她请罪。

但柳行云终究是回来了。

带着奄奄一息的白穆。

御医称白穆的背该是受了野兽袭击，好在野兽的力度不是太大，并未伤及五脏六腑。但她失血过多，而且在雪地里躺太久，寒气入体，是否能醒来要看她的意志，而且即便醒来，日后身体也会落下顽疾。

碧朱不管御医的那些个"即便"，几乎是日夜不眠地照顾白穆，祈祷她会清醒过来，但行宫的医药条件比不得宫里，白穆背上的伤口渐渐愈合，气息却日渐衰弱。

这夜，碧朱在白穆床头沉沉睡去，迷蒙中梦见白穆醒来，高兴地睁开双眼，却见身边站了一个人，吓得差点儿高声大叫。

"在下慕白。"慕白及时捂住了碧朱的嘴，从怀里掏出一个瓷瓶，"把这个给她服下，明日她便会醒了。"

碧朱当然记得慕白，也记得白穆说过他是白子洲的人，但白穆偷他的玉牌在先，他为何还平白无故地救她？

"是真的？"碧朱虽然三日未好好睡过，头脑还算清醒。

"你若不信，再过两日，她便该咽气了。"慕白肯定道。

碧朱定了定心，决定先拿过来再说，可是手刚要触到瓷瓶，慕白却突然将它收回。

"姑娘可否先回答在下一个问题？"慕白笑道。

"什么？"碧朱略有不耐。

"你家娘娘可是姓穆？哪个穆？"

碧朱看着慕白在夜色里仍旧清亮的眸子，眨了眨眼，在榻边坐下，冷声道："你走吧，这药我不要了。"

本来她就不确定这慕白所说是真是假，谁知道是不是什么毒药呢……他还问这样的问题。关于白穆的过去，虽然她清楚，却从来不敢泄露半句。宫里视白穆为敌、视柳丞相为敌的人太多，她不愿因为自己伤到白穆想要保护的亲人。

慕白也未再逼问，只是沉默了半晌，放下药瓶，临走前叹气道："姑娘尽可放心喂她服下。"

挣扎了半晚，碧朱还是抱着试一试的心态喂了一点儿药丸给白穆。不想凌晨时分，便听到白穆的呼吸有力且均匀起来。碧朱一喜，便将所有药丸都给她送下了。

白穆觉得自己不过是睡了一觉，睡了很久很沉的一觉，已经有许久，她都不曾睡得这样安稳。

待她醒来时，正好看到碧朱熟睡的脸。

她有点儿记不得自己为何是趴着睡，而床边的莲玥见她睁眼，笑了笑，行过一礼便出门了。

她想要转正身子，稍稍一动，就觉得背上撕裂般的疼，那个暗沉不见天日的夜晚也随之在她的脑袋里重现。

"阿碧……阿碧……"白穆本是不想吵醒碧朱，但此刻她有些急不可耐。

碧朱迷迷糊糊中听见白穆的声音，马上就清醒过来，睁眼见白穆正看着她，一时不知是哭是笑，有些语无伦次："你真的醒了……你终于醒了……阿穆，哦不，娘娘……吓死我了！"

"阿碧，商……商少君呢？"白穆刚刚醒来，声音沙哑而干涩。

碧朱有点发蒙，这几日她在白穆床头打转，哪里来的心思去管别人？行宫里各种传言，她都是左耳进右耳出了。

"娘娘，皇上很好。"莲玥正好回来，手里拿着一盆热水。

"娘娘，你怎么会伤成这样回来？"碧朱并不关心商少君如何，担忧地问白穆。

白穆的心放下来，松了口气便无力再说什么。

"娘娘，奴婢已向皇上禀报您已苏醒，皇上晚上会来看您。"莲玥声线平稳，淡淡道。

白穆轻轻地点头，便又闭眼睡去。

这夜商少君并未来看白穆，一连三日，商少君都未出现。

白穆似乎也不急躁，每日趴在床上安心养伤。到第五日，她背上的伤口已经结痂，她也勉强可以下榻。

一大早白穆便坐在镜前，等碧朱过来给她梳妆，结果却听见碧朱在外与人争吵。

第二章 真假恩人

"凭什么啊？那是我亲手熬的！你……"

"我碧朱从小到大还没被人这样欺负过！我就是天不怕地不怕怎么着了？啊？"

"你们这些没眼的……等回宫了……"

白穆听不太真切，但她极少见碧朱这样大呼小叫的，不过片刻，便见她气呼呼地开门进来，见着她还特意挤出一个笑容："阿穆，你怎么起来了？小心伤口裂开。"

"躺多了也累。"白穆拿起木梳，想要自己理一理头发，手臂却不太抬得起来，只好放下问道，"你刚刚为何与人争吵？"

碧朱不悦地努嘴，未答。

"阿碧。"白穆唤了一声。

碧朱"哼"道："我昨日熬了整整一夜的参汤被人抢走了，能不吵吗？那汤对伤口恢复极好的，我特地给你熬的！"

"为何？"

即便是当初在宫中"失宠"的时日，也没人敢抢他们的东西。

"还不是那个裴雪清！"碧朱愤愤道。

"她？"白穆蹙眉。

"喊，有什么了不起的！不就是救了皇上受了点儿伤吗……"碧朱不屑道，"阿穆你的伤比她严重多了！小题大做……"

她倾身去拿白穆手里的梳子，那梳子却被白穆捏得正紧。

"你说什么？"白穆盯着碧朱。

碧朱一时失了神："我……我说……阿穆你的伤……"

"不，你说……是裴雪清救了皇上？"

不等回答，白穆眼底那锐利的锋芒消失不见，捏着梳子的手也松开了。

碧朱拿过梳子便给她梳髻："是啊。说是皇上被困在一片树林后，那林子诡异，只有熟知地形的纳雪族才走得穿，姓裴的就去了呗。还说什么她只身犯险，勇斗野熊……捧得天上有地下无的。呸！我看她走路顺畅得很，受了伤才怪！凭什么和我抢汤药？"

白穆垂着眼，没有搭话。

碧朱看了看镜子里的她，笑道："正好，这几日皇上都陪她去了，你不用上妆。"

白穆仍旧垂着眼，沉默。

往常不用上妆白穆是会很开心的，碧朱凑上前去看了看她，再笑道："阿穆，你说上次重伤是阿不把你唤醒的，那这次是不是我啊？"

碧朱察觉到白穆不太高兴,但她知道,只要提到"阿不",她马上就会开心起来。但这次她仍旧垂着眼,似乎并未听到她的话。

碧朱突然想到白穆知道商少君失踪时紧张的神态,是不是,她说错话了?

"阿碧。"沉默许久的白穆突然唤她,"替我上妆吧。"

碧朱见她已经抬起眼,镜子里黑色的眼底平静无波。

"上厚点儿。"她又说。

（七）笨蛋

在沥山逗留的时间因为这次意外而拉长。因为"舍身救驾"，纳雪族的裴雪清一夜成为皇帝的新宠，而原本备受恩宠的贤妃柳如湄，空有救驾之心，鲁莽行事下被野兽袭击，险些送命。

白穆又在屋内休息了三日才见到商少君，当然，不止商少君一人。

新宠裴雪清如初见时那般一袭白色纱衣，身段玲珑，面容娇俏，只是少了音乐与月光，少了几分空灵。她乖巧地立在商少君身边，不时抬眼看白穆，再看看商少君，又羞涩地垂下眼皮。

白穆是一如既往的浓妆，相比之下，媚俗许多。

"皇上万福。"她并未多看裴雪清，俯身请安，低眉垂首。

"皇上，我是不是真的不用给贤妃姐姐行礼？"白穆还未听到商少君让她起身的声音，便听到极为悦耳的声音带着几许天真地问道。

商少君未许，她便不会起身，向来如此。

因此她俯身听着商少君温柔笑道："你膝盖上的伤还未好，朕说免了便是免了。"

"谢皇上。"

"你也起来吧。"商少君转而对白穆淡淡道。

白穆站直身子，仍是垂着眼。

商少君在屋内的矮榻上坐下，裴雪清看了看他旁边空出来的位置，再看了看一直站着的白穆，退了几步，关心道："贤妃姐姐的伤可大好了？皇上，就让姐姐坐你旁边吧。"

"清儿你坐着便是。"商少君拉过裴雪清，让她坐在他身侧，再看向白穆，"你也坐吧。"

碧朱连忙拿了一个凳子过去。

白穆服服顺顺地坐下。

"你的伤如何了？"商少君闲闲地问。

白穆答："很好。劳皇上忧心。"

"清儿看着也挺好的，他们还说姐姐差点儿命都没了，皇上，他们成天说瞎话，

还笑话姐姐,说她不自量力自己非要上山,差点儿丢了命不说,还害得御林军找了大半日才找到。"裴雪清又道,"这话若是给姐姐听到,该多难过啊。"

商少君笑着拍了拍裴雪清的手:"待会儿朕便让他们都闭嘴,如何?"

"皇上果真体恤姐姐。"裴雪清略有失落的模样,漂亮的眼睛随即弯了弯,"不过姐姐也是值得的。哪像清儿,那日见到皇上浑身是血,差点儿吓死了。"

"清儿受累了。"

商少君怜惜地揽过裴雪清。裴雪清靠在他怀里,黑色的眼亮得剔透,又问白穆:"不知姐姐那日遇到哪种野兽?可有吓坏?"

白穆一直是垂着眼,此时略略抬起,凉凉地扫过裴雪清:"不太记得了。"

"啊?这都能忘?清儿可永远忘不了与皇上打斗的那只熊……"裴雪清又往商少君身上蹭了蹭,仿佛余悸未消。

白穆轻轻一笑:"自然比不得妹妹能干,在野熊的手下救出皇上,还只是伤了膝盖。"

裴雪清一怔。

白穆重新垂下双目,不再多言。

不得不说,美貌可以迷惑人心。

那日她昏厥之前,看到的就是裴雪清的脸,扯住的就是她的衣裙。那样一张漂亮的脸,干净得仿佛不食人间烟火,却原来和她在后宫见过的许多女人一无二致。

"皇上,清儿有些累了。"裴雪清弱弱道。

"那便回去歇息。"

商少君扶起她,白穆也跟着起身,行礼道:"恭送皇上。"

商少君回头看了白穆一眼,轻笑道:"爱妃也好生歇息两日。两日后启程回宫。"

白穆仍旧俯着身子:"谢皇上体恤。"

那两个人前脚刚走,碧朱便慌张地扶住白穆:"疼不疼?伤口裂开没?裴雪清都嚣张成那样了,你还给她那么好看的脸色!"

白穆缓缓挪步往榻上去,自嘲地笑了笑:"与这种人计较,值得吗?"

碧朱长长地叹了口气,不知从何时开始,白穆变得越来越冷静,冷静到似乎万物都入不了她的心。

两日后回都城。太后想要安插入宫的女人已经在商少君身边,柳轼想要的御林军总领令牌也已经在她手里,不过暂时没机会交给柳行云。

裴瑜丢了令牌,这么些日子定然发现了。

第二章
真假恩人

白穆也不清楚是她在病中，所以外面有动静传不到她这里，还是裴瑜不打算声张。正好这夜，柳行云前来看望病中的"妹妹"。

白穆和柳行云并没有太多近距离的接触，只把他看作年轻的柳轼了，因此极为防备。

但这夜乍一见他，还是愣了一愣。

她想起碧朱之前对她说："你等着，不到半个月他就能白回来，比白面书生还白！"半个月前她看柳行云，还是一个刚刚从边关回来的粗犷将军，半个月后再看，竟真和碧朱所说的一样，白得文弱书生似的。

"妹妹何以这样看着哥哥？"一见到白穆，柳行云便调侃道。

白穆尴尬地挪开眼，给他倒了杯茶："公子请用。"

柳行云扬了扬眉："你为何改了称呼？"

白穆淡淡道："时时演戏，累。"

柳行云一笑，便似有阳光探入般灿烂："想不到啊，我这个'妹妹，'本以为是受父亲胁迫才不得已入宫，不想对皇上还真是情根深种。可是'时时演戏'，弄假成真了？"

白穆微微一笑："公子想多了。小女子一介平民只身入宫，靠的是义父和义兄。倘若皇上在和义兄独处的时候遇刺客丧命，柳家脱不了干系，我又何以在后宫容身？"

"父亲果然好眼光，找了这样有自知之明的女子。"柳行云笑着举杯喝茶。

"公子过奖。"白穆拿出令牌，推到柳行云跟前，"这是义父让我给你的东西。"

柳行云似乎有些意外："妹妹好本事。"

白穆低笑："有件事，哥哥可愿如实相告？"

"请说。"

"此次的刺客……"

"不是。"白穆还未说完，柳行云便已经给了答案，"诚如妹妹刚刚所言，柳家还不至于选这么个机会引火上身。"

白穆扫了一眼令牌，未多言。柳行云却似乎料到她心中所想，笑道："心思太多也未必都是正确的，这令牌一事，你莫要多想。"

"妹妹只管听义父和义兄的话便是。"白穆乖顺道。

柳行云别有意味地扫了她一眼，拿出几瓶药："这些药对外伤是极好的，不会留疤。"

"多谢公子。"

"那裴雪清……妹妹聪慧，应该不放在眼里吧？"

白穆明白，裴瑜是洛家的人，裴雪清与他出自一族，自然和洛家脱不了干系，从前宫中只有洛秋容针对她，今后恐怕还要多一个裴雪清。

"有义父和义兄在，妹妹自然敢不放在眼里。"白穆答。

"哈哈……"柳行云笑得开怀，"你还真是会说话。不过说得也不错，你既是从我柳家出去，无论从前你是否姓柳，今后不管发生什么，柳家都不会弃你不顾。"

"妹妹明白。"

"那妹妹好生歇息，日后有机会……再见！"柳行云起身，拱手学着书生模样行了一个礼，面上的笑容一直不曾散去，深深地看了白穆一眼便离开。

第二日，白穆一早起来，又听见碧朱在外与人争吵。这次好像是为了回行的马车。

"阿穆……你去找一找皇上好不好……"碧朱入门就拉着白穆的手，可怜兮兮的模样，"你若不去找皇上说，我们的马车都要被人抢走了！"

来时只有一个贤妃，回程却多了个裴雪清，自己族里的马车不坐，非得说身上的伤还未好，贤妃的马车更为合适！简直无耻到了极点！

"罢了，一样的。"白穆拍了拍碧朱的手。

"怎么能一样？他们纳雪族的破马车，怎么跟宫里的马车比？回程要赶上五六日的路呢，你从小远门出得少，现在身上还……"

"我是说若皇上有心，无论我去不去说，结果都是一样。"

何必自取其辱？

"可是……可是……皇上根本没来看过你！根本不知道你的伤有多重啊！"碧朱瞬间就红了眼眶。

她不明白，同样是为了皇上，白穆伤得丢了性命却要被人取笑，裴雪清不过是运气好了点儿，正好捡到昏迷的皇上罢了，她才不信她真的是在野熊手里救下的皇上！

"收拾行装吧，别想那么多了，乖。"

白穆擦掉碧朱的眼泪，碧朱却是越哭越凶，见白穆不肯改变主意，甩甩手气得出门了。

白穆妆未上，发髻也未梳，坐在镜前看着镜中的自己，微微有些发愣，连身后何时多了一个人都未发现。

"娘娘当真不难过？"莲玥拿着梳子，第一次替白穆绾发。

白穆一怔："你知道？"

"奴婢随娘娘上的山，看到了娘娘所去的方向，再看娘娘身上的伤，自然猜得到怎么回事。"莲玥的声音永远是淡淡的，没有高低起伏，仿佛沧桑的老人平静地讲述无关紧要的事情，"但那林子布局的确诡谲，奴婢随着柳将军找了许久才找到昏迷的娘娘。"

"我说了真相会有人信吗？"

"不会。"

白穆笑了笑。

"不是不相信，而是不会相信。"莲玥道。

"你想说什么？"

"裴姑娘出身不好，想要入宫站稳脚跟，必须有个足够漂亮的光环。皇上是太后的心头肉，皇上所忧，必是太后所忧。"

白穆垂下眼眸，又笑了笑。

皇上所忧，必是太后所忧。

她以为太后和柳丞相有私情，太后想让裴雪清入宫，是柳丞相授意，原来不是。

真正想让裴雪清入宫的，是商少君。

裴雪清身为纳雪族族长之女，若僻居这深山，姑且算得上有身份，可她要进宫，进的还是皇宫，在那些王公贵族眼里，便是个既无身份，又无家世背景的山里野丫头。何以在后宫立足？

她需要一个光环，需要一份功劳，让她昂首挺胸地走在后宫而不被人小觑的功劳。于是她白穆，就成了替她编光环的那个人。

"一切本是计划之内的事情，不想会真遇到刺客，也不想娘娘会不顾一切地上山。"莲玥熟练地为白穆绾发，"虽然也多亏娘娘，但事情终究要回到正确的轨道上。"

"你是想安慰我，无论是谁救出皇上，结局都是一样；还是想安抚我，即便找皇上说出真相，结果不会有任何改变？"白穆笑道。

"奴婢是想提醒娘娘，许多事情连奴婢都看得清，皇上未必会被蒙蔽。"

"所以你是想告诉我，其实皇上知道是谁救的他，只是装作不知道而已？"

"娘娘觉得呢？"莲玥打开桌下的抽屉，选出几支钗，细致地替白穆插上，"这世上聪明人太多，而身为上位者，只能是聪明人里的聪明人。娘娘，发绾好了。"

白穆抬眼，又看镜中的自己。

她在笑，笑得眼角都弯了起来。

瞧，全世界都是聪明人，只有你一个，是笨蛋。

第三章
真假父子

（一）交易

两日后，全部人马整装出发。依旧是来时的队伍，莫名其妙出现的慕白又莫名其妙地消失了，而来程时白穆一直挂记的"女子"以完全出乎她意料的方式顺利加入其中。此时白穆正站在所谓的纳雪族最上等的马车前，冷风嗖嗖地刮过脖颈。

情况比她预料的还要糟糕，或者说裴雪清比她预想的还要愚蠢，马车简陋到连车门都没有，只有厚重的帘布，一马拖的马车，要跟上队伍的速度，不知会颠簸到什么程度。明眼人一眼就知道是挑衅，明目张胆的挑衅。

也不知商少君这几日是如何宠的她，竟让她得意忘形到了这个地步，连自己尚未进宫、尚未受封都忘了。

就在白穆滞愣间，碧朱已经风似的离开她身边，向前方奔去。

白穆反应过来连忙跟上，奈何背上的伤还未全好，走不了太快，莲玥一直扶着她才让她的身形不至于趔趄。

她远远地看见碧朱"扑通"跪在商少君马车前，一直磕头，听不清在说些什么。

待她走近，就只听到碧朱哭着道："娘娘身上的伤还没好！若是坐了那样的马车，必然会裂开，待到回宫，恐怕又去了半条命！皇上您不看僧面看佛面，就算看在我家过世小姐的分儿上，给娘娘换辆马车吧！"

白穆眉头一皱，正要开口喊住碧朱，明黄色的车帘被掀开，商少君从中出来。

今日他穿了一身黑色的锦袍，发髻束得随便，眼角还有几分慵懒的神态。看了碧朱一眼，便抬头看到白穆。

白穆俯身行礼："皇上万福。"

碧朱知晓白穆不喜欢她这样，也不再哭着求了，只是跪在地上看着这两个人。

天空下起细密的雪花，落在商少君的锦服上，平白添了细碎的花纹，落在白穆黑缎子似的发丝上，点点漂白。商少君未说话，白穆便一直俯着身，任由雪花渐渐如鹅毛般落下来。

"天冷，爱妃便与朕用一辆马车吧。"商少君温温地开口，再看了一眼跪着的碧朱和俯着身子的白穆，便转身上了马车。

"谢皇上厚爱。"白穆仍旧回了礼，抬头无奈地看了碧朱一眼。

碧朱立刻破涕为笑，连忙起身和莲玥一起扶着白穆上了商少君的马车，一边低声叮嘱："娘娘，皇上身边人多，轮不上我们来照顾您。但是娘娘若有什么不习惯，传唤一声，阿碧就马上过来了。"

白穆点了点头，对莲玥道："阿碧就劳烦玥姑姑照看了。"

这几日裴雪清定不会安生，碧朱若一时冲动惹了什么麻烦就不好了。

"娘娘放心。"莲玥仍旧语气平淡。

白穆入得马车，温暖的气息迎面扑来。马车比她原本那辆还要大上许多，应有尽有，甚至还有一张矮桌专门放书。商少君坐在矮几前，拿着朱笔批阅奏折，察觉到她进来，抬头看了一眼便低头继续。

这样的场景白穆并不陌生。

她被盛传"夜夜受宠"的时候，商少君就是这样在她宫里，整夜整夜地批阅奏折。那时她偶尔弹琴给他听，偶尔趴在案边看他用朱红色的颜料勾勒出她并不懂的字符，偶尔……偶尔缠着他，对他讲阿不和阿穆的故事。

白穆笑了笑，随手在身侧桌上拿了本书来看。

"朕记得爱妃并不识字。"商少君未抬头，只是幽幽道。

白穆也未抬眼："不会可以学。"

"学得还挺快。"商少君笑道。

"皇上盛赞。"白穆一如既往地恭顺。

商少君抬头看了她一眼，白穆仍旧垂首看书。

两相沉默。

白穆记得，那时初入皇宫，她满心满眼就只有那一个人，每每把商少君缠得不悦，尤其提起"阿不和阿穆"，他便会呵斥："你就不能如大家闺秀一般，好生看看书、写写字？再不耐绣绣花可好？"

她不识字。

宫里暗暗都在笑话，说她祖坟冒青烟借着柳湄入宫得宠已经够让人不屑了，居然还是个什么都不懂的野蛮村姑，琴棋书画样样不会，凭什么做妃子啊？

"不会的可以学，不会回来的可会继续等？"一阵沉默后，商少君突然问道，带着惯有的温柔笑意。

白穆一怔。

她微微蹙眉，抬眼不解地望着商少君。

第三章 真假父子

"朕相信你从前说的那些话。"商少君看入白穆的眼,认真而专注的神色。

那一团深邃的黑,让白穆一瞬失神。

她曾经等了这句话,许久。

她初入宫,除了在商少君身边弹琴和沉默,就是哭和闹。哭着一遍又一遍地诉说她和阿不的过往,闹着让商少君承认他就是阿不。

她不明白为何几个月前还和她耳鬓厮磨私订终身的男子,再见就不认识她了。不承认他们的过往,说他早有意中人;不许她再唤他"阿不",说他不会有这样愚不可及的名字;不相信她说的所有话,认为她别有意图。

宫里宫外,她如何如何受宠传得沸沸扬扬,只有她自己知道商少君有多厌恶她。

她无法控制自己不对他哭闹,他也不得不做出宠爱她的模样,因为他刚刚登基,必须得到柳轼的全力扶持,柳湄死了,他只有无边无际地宠爱柳"如"湄来安定柳轼的心。

那时她顾不上分析这些,只觉得商少君日日过来,是想见她的,固执地认为他只是不承认而已。

于是那样哭闹的场面隔三岔五地上演,她的脾气越来越差,闹得越来越凶,他在人前对她越来越温柔,人后却是越来越冷漠。

曾经日夜期盼听见的话,终于从那个人的嘴里说出来的时候,白穆没想到自己竟会如此冷静,冷静到竟然在分析他那句话有几分真、几分假。

"你肯为朕只身上山,几乎送命,朕相信的确存在那个人,与你相知相爱,让你能为了他,连自己的性命都不顾。"商少君重新挂上惯有的笑容,遗憾地扬了扬眉,"可惜朕当真不记得了。"

白穆淡淡一笑:"那皇上说这番话,是为了安慰臣妾?"

"朕只是想与你做笔交易。"商少君坦然道。

"皇上请讲。"

"朕知道你如今夹在太后与丞相之间左右为难,又发现了一些不该发现的事情……你只身在宫中,来历、身份又注定你的处境尴尬,而且许多事情你未必知道……但你若全心帮朕……"

"皇上。"白穆打断商少君的话,"您这样的话,与之前的话相悖了。"

商少君怔了怔,随即笑道:"好。是朕不对,朕说过相信你,便全心信你!"

白穆曾经在反应过来商少君或许因为她是柳轼的"义女"而防范她的时候对他说,

她深爱他,人是他的,心是他的,不管柳轼给她什么、威胁她什么,她只会一直站在他身边。

"那爱妃可信朕?"商少君问。

"信。"白穆低眉浅笑。

商少君展颜,继续执笔,垂首看奏折。

白穆则合上书,凝视商少君,道:"那么皇上,您究竟想让臣妾做什么呢?"

第三章 真假父子

（二）熊掌

皇帝登基一年来首次出行便遇刺，皇宫内早就人心惶惶，各种揣测不息、传言纷飞。但待到商少君回宫，一夕间一切都平静下来，就连毫无身份背景的裴雪清被破例封作昭仪都未掀起多大风波。

前朝安稳，后宫却是"风起云涌"，大有鸡飞狗跳之势。只因刚刚复宠的贤妃柳如湄嫉妒心又起，不复初出朱雀宫的端庄娴静，容不得皇帝新宠裴昭仪，处处针对。偏生那裴昭仪正得宠又是初入宫中，宁愿与贤妃针锋相对，也不愿受半点儿委屈。

是以，将将安宁了半年的后宫三日一小乱，五日一大乱。

洛秋容因为染病未能随行沥山，大半个月那病情竟仍未见好转，贤妃与裴昭仪在外斗得热火朝天，只有她的芙蓉宫最为安静。但这日，裴昭仪也在冷清的淑妃宫里坐了一坐。

"姐姐你为何只骂我？"裴雪清清丽的容颜满是委屈，一双美目泪水盈盈，"你抱恙在身，未见到贤妃那咄咄逼人的模样！我爹虽说没有官职，也不是名门望族，但好歹也是一族之长，我长到这样大也没人敢这样欺负我的！"

洛秋容比一个月前消瘦许多，但与生俱来的大家贵气不见削减，卧在榻上咳嗽两声，好声道："你既入得宫中，自然比不得在外头。你爹不曾教过你后宫是什么地方？那贤妃可是好相与之人？"

裴雪清的大眼眨了眨："我爹懂的还不如我多呢，洛老爷对我族有恩，我又想进宫……毕竟，皇上天人之姿……"

裴雪清一副女儿姿态，羞涩地垂下双目，随即冷哼道："那贤妃有什么好怕的。若说我出身低微，她怕是连我都不及吧？也不知哪里来的野姑娘，攀上丞相就以为飞上枝头了。他日丞相一倒……"

"裴昭仪！"这次是洛秋容身边的星竹出口，俯身道，"昭仪见谅，奴婢不得不替小姐提醒昭仪一句：有些事，心里明白就罢，祸从口出。"

裴雪清识相地闭嘴。

"你能邀得圣宠，本宫也为你高兴。"洛秋容缓声道，"但贤妃，绝对不像表面那样简单。你若想在后宫好生待下去，万事注意着些，锋芒不可太露。伴君如伴虎，

皇上的宠爱，没有一个人是长盛不衰的。"

一提到皇上，裴雪清的目光又柔软下来，含羞道："皇上待我是极好的。今日贤妃挑剔我的穿衣，暗讽我穿得不好看，皇上还帮我说话，说他喜欢呢……"

裴雪清本还想继续下去，抬眼见到洛秋容的脸色不太好，思及她恐怕很久未承圣恩，连忙闭了嘴，俯身道："姐姐若无他事，妹妹便不打扰姐姐休息，先行告退了。"

洛秋容略显烦躁地摆了摆手，示意她下去。

裴雪清一走，星竹便给她端来药，安慰道："小姐莫要生气，皇上……"

"本宫气的是自己……"洛秋容恨道，"当初只想着送个美貌的入宫……哈，这下倒好，空有其表，愚蠢至此，还能指望她什么？"

星竹安慰道："这世间像小姐这样心思玲珑的又有几个人呢？小姐若想栽培她，不若再安排个机灵的在她身边提醒着。"

洛秋容冷笑了一声："罢了。不摔个跟头吃点儿苦是学不乖的。本宫还是比较好奇柳如湄这次又在玩什么把戏。"

"小姐宽心就好，把药喝了吧。"星竹将汤药送到她嘴边，"这样久病，老爷担心，皇上也不便过来。"

洛秋容垂眼看那汤药，眼神一凛，不期然一手打翻："日日喝药日日不见好转！这宫里一群庸医！都说了让爹爹从宫外筹些药材过来，他们是不顾我死活了吗？"

瓷碗碎在地上，溅了星竹一身药汁，她一惊，跪下道："奴婢该死！奴婢今日便找裴总领将消息放出去，让他们尽快送药进来……"

洛秋容蹙眉扫了星竹一眼，躺回榻上，翻身便睡了。

另一边裴雪清出了芙蓉宫，带着两个宫女回她的探幽殿，不想正正碰上了冤家。

白穆身边难得地多了几名宫人，除了碧朱和莲玥，朱雀宫为数不多的宫女太监都尾随其后，一群人浩浩荡荡地堵住了裴雪清的去路。

裴雪清刚刚在洛秋容那里受了训，虽然不一定听进心里，也不太想惹事，俯了俯身便带着身后两个宫女打算走。

"本宫记得昭仪对四妃的礼，不该如此简单吧？"白穆高声说道。

裴雪清不理，径直离开。

"站住！"白穆喝道。

裴雪清略有些不耐，深吸一口气压抑住，回身笑道："贤妃娘娘一直找清儿，不知是否清儿身上写着'麻烦'二字，而娘娘就喜欢找麻烦呢？"

第三章
真假父子

"本宫是在裴昭仪身上找'羞耻'二字罢了。"白穆轻笑着打量了她一眼,"奈何找来找去,裴昭仪怎么看,都是不知羞耻为何物的人。"

"你……"裴雪清咬住唇,气得浑身都要颤抖了,却还是按捺住,"妹妹先行一步,娘娘自个儿慢慢找吧!"

"昭仪怎么不穿那一身白衣了?"白穆穷追不舍,"听说纳雪族自比雪的化身,最重心灵的干净剔透。本宫看来,若是都如昭仪这般污秽不堪,昭仪的族人们真该好好忧心一把啊……"

"你莫要欺人太甚!"裴雪清怒道。

"当初昭仪顺着本宫所指的方向找到皇上,却将本宫丢在林中不管不顾的时候,可曾想过是否欺人太甚?"白穆上前,冷然盯住她。

裴雪清心中有愧,眼神躲躲闪闪,但转念一想,这么多宫人在,若自己一副心虚的模样,传到皇上耳朵里,让他怀疑自己撒谎,那今日的恩宠恐怕就要烟消云散了。

"人人都知当日是娘娘自己愚钝,在林中迷路,现在反倒怪罪在妹妹身上,还要抢去妹妹的功劳,娘娘又可知羞耻为何物?"

"啪——"

裴雪清的话刚刚落音,白穆扬手就是一个耳光。

"柳如湄!你敢打我!"

"啪——"

又是一个耳光。

"你是什么身份,敢直呼本宫名讳?"白穆冷声低斥。

裴雪清白嫩的左脸连着挨了两个耳光,迅速红肿,捂着脸眼泪一颗颗往下掉:"你……你又是什么身份?粗鲁卑劣的冒牌货……"

"啪——"

白穆打了第三个耳光。

"啪——"

紧接着又是一声,这一声,所有人都愣住了,包括仍旧扬着手的裴雪清,连哭都忘了。白穆一声冷笑才让众人回过神来:"好!很好!打得好!裴昭仪还真是识大体、懂规矩、敬重本宫!"

裴雪清整个人都怔住,不知所措地站在原地。

她……居然扇了贤妃一个耳光?她明明不想生事的……

"你们都看见了?去禀报皇上,说本宫要见柳丞相!让柳丞相来告诉裴昭仪,本宫到底是个什么身份!"

白穆狠狠地瞪了裴雪清一眼,转身就走。

裴雪清只觉得全身的力气都被那一巴掌掏空了,也顾不上自己的委屈,想要去求洛秋容,又想着自己刚被她训过,转眼就打了白穆一个耳光,怎么还有脸再去求她?可她在宫中再无依靠,皇上或是太后怪罪下来,她该怎么办呢?

胆战心惊了一个下午,直到傍晚时分,她派出去打听消息的宫人回复她说皇上并未去朱雀宫,她一颗心才稍稍放下。

皇上这样宠她,或许会没事的……会没事的吧?

朱雀宫里,碧朱一边心疼地给白穆敷脸,一边埋怨道:"皇上不来看你便罢了!连御医都不宣!是真被那裴雪清迷了心窍吗?"

白穆少了白日里的锐气,垂眼不语。

"虽然我也看她不顺眼,但是阿穆,你也别太跟她对着干了,等淑妃病好了,她们两个联手,还不知道要整出多少事来!"

"娘娘,陵公公称皇上已经差人去传丞相,但今日太晚,大人恐怕要明日才能进宫。"莲玥正好回来禀报道。

白穆颔首,拿过碧朱手里的帕子:"阿碧,去准备晚饭吧,我饿了。"

碧朱皱着眉头又看了看她的脸才出门。

朱雀宫有自己的小厨房,一直都是碧朱亲自给白穆做饭,偶尔白穆也会亲自下厨。碧朱一边炒着菜,一边琢磨着这些日子白穆的变化。

自从沥山一行回来,白穆处处针对裴雪清,今日甚至不惜大打出手,这是她不曾见过的。但白穆在外头的话多了,在自己宫里的话却少了。

她问她什么,她也不答。有意提及"阿不",她也不再像从前饶有兴致地一一道来。阿穆有心事,瞒着她的心事。

碧朱突然想到商少君遇刺的那个夜晚,白穆不顾性命地往山上冲,莫不是……阿穆改变心意,喜欢上皇上了,所以才对裴雪清诸多刁难?

碧朱对自己的这一认知又惊又喜,惊的是白穆居然放得下心里一直的念想,喜的是皇上本就是正主,那未婚夫什么的,她是为了让白穆高兴才附和着她说一定会回来。

碧朱决定趁着吃饭的时候好好问一番,她和阿穆之间,从来没有什么是不能讲的!

"绿翠。"端着饭菜刚出厨房,碧朱就瞥见陵安消失的身影,逮住不远处的小宫女问道,"皇上来了?"

绿翠连连摇头:"陵公公过来回娘娘,皇上今日不过来了。皇上……"

小宫女有点儿犹豫,碧朱皱眉道:"皇上怎么了?"

"皇上去裴昭仪那里了。"小宫女低声道。

碧朱心头一滞,刚刚的"喜悦"便烟消云散了。

落花有意有何用?流水无情更伤人罢了。

碧朱一边叹着气,一边推开门,却见白穆坐在书桌边,脸是红肿的,笑容却是难得一见的灿烂。

"阿穆,吃饭了。"碧朱唤道。

"哦。"白穆仍旧看着书桌上的什么东西在笑,半晌才恋恋不舍地起身,走到饭桌前都是带着笑的。

自从进宫,碧朱还未见过白穆笑得这样开怀,明明被人打了一个耳光,皇上还不闻不问……

碧朱好奇得紧,走到书桌边小心翼翼地偏头看过去。

咦,这有什么好笑的?

桌上放着一幅画,说画吧……也不像画。也不知是两团什么东西,云不像云饼不像饼的,偏偏还很对称,真难为那个人能将这样的两团东西画得几乎一模一样。

上面还各写了两个字,字倒好看,还有些眼熟。

一团写着"一对",另一团写着"熊掌"。

一对……熊掌?

（三）做戏

柳轼进宫的时候，已是第二日的傍晚。

昏黄的夕阳斜洒在庄严的琉璃瓦上，照映着瓦上尚未融化的积雪，别样的美。

朱雀宫向来人少，白穆又喜静，因此方一踏入，便更觉几分清冷。宫人们一早就得了吩咐，若见到丞相大人，要马上禀报。

若非要事，朝廷命官不可随便踏入后宫。但这次贤妃挨了耳光，总不能让她顶着红肿的脸颊挪去别的宫殿，柳轼又是她的"父亲"，皇帝格外准旨让他前来探望，似乎也在情理之中。

"奴婢见过丞相大人，娘娘正在等您，请随奴婢来。"绿翠来朱雀宫不过半年，一张小脸稚嫩得很，领着柳轼便往正殿走。

柳轼花白的眉毛微微蹙起，似乎在想着什么，也未看绿翠一眼。

"老爷，您可来了！娘娘等您许久了！"碧朱一见柳轼，忙着推开殿门。

柳轼入殿便行礼："微臣见过贤妃娘娘，娘娘千岁。"

白穆披着雪白的狐裘，衬着左侧的脸颊更加红肿，双眼亦是又红又肿，一看就是刚刚哭过的模样。她一开口，声音都有些沙哑："父亲何须如此，快快起来吧。"

柳轼起身，拍了拍袍子。白穆接着吩咐道："你们都出去吧，本宫与父亲说说话。"

碧朱与莲玥带着两名小宫女恭顺地退下。

殿门一关，傍晚的朱雀宫便暗了几分，白穆的影子映在殿上，纹丝不动。柳轼抬头看住她。虽然身处下方，身形姿态却不卑不亢，一眼望去，还真像是严厉的慈父正锁眉欲责备爱女。

"娘娘大费周章请本相入宫，不会就是为了让本相陪娘娘等日落吧？"柳轼一开口，就透出几分冷意来。

白穆一抬眼，眼眶便红了一圈："湄儿请爹爹来，只是想念爹爹了，竟也不可吗？"

柳轼一滞，生生愣在了原地。

白穆虽然顶着"柳如湄"的名字入宫，但在他面前，除了初次见面，再也不曾扮过柳湄。刚刚她那一句话，神态语气，像极了他的女儿。

白穆一笑，刚刚那楚楚可怜的模样便烟消云散："如何？丞相大人可想起小女子

为何会入宫了？"

柳轼的眼神一紧，抿唇盯着她，显然是动怒了。

"丞相大人会忘记小女子为何入宫，这宫里人可忘不掉！"白穆微微起身，坐直了身子，睨着柳轼道，"小女子一直忘记提醒大人，白穆也不过是个普通女子，也会有喜、怒、哀、乐，从前宫里人如何说，我可以装作不在意。但如今，凭空出来个裴雪清，便由着她骑在我脑袋上蹦跶？"

白穆怒道："想必大人已听柳将军提及在沥山发生的种种。白穆唯恐皇上与柳将军独处时发生意外引祸上身，不顾生死救了皇上，却被她凭空抢了功劳，扔在山林不管不顾，说实话，这口气任是谁再好的脾气都咽不下！"

柳轼的眉头越皱越紧。

"可白穆一心一意为了大人着想，为了柳家着想，大人似乎打算置白穆于不顾？"白穆眉头微扬，头一次在柳轼面前不用卑躬屈膝。

柳轼的唇角一松，突然笑了起来。

低哑的笑声响在空旷的殿内，有几分了然、几分不屑，顿住后，盯着白穆道："娘娘是否觉得，找到新的靠山，背脊都硬了许多？"

白穆一怔，心跳莫名快了几拍。

"太后让你演这样大的一出戏，到底想让老夫如何？"柳轼眼神渐渐冷却。

白穆听他这样一问，揪着的心稍稍放下，微微笑道："丞相果然好眼色。的确是太后一手安排，让我引大人入宫。至于原因……太后又怎会与我明说？丞相大人应该比我更清楚吧？"

她撞破太后与柳轼的奸情，柳轼知道，太后却不知道，看来二人必有隔阂。至于太后为何大费周章地引他入宫，她也的确不知道。

"太后只说丞相大人最近久病不愈，恐怕是腻在家中太久，我得让您出门多走走，才不失孝顺。"白穆淡淡地转述。

她也只是顺便提醒柳轼，宫中还有这么个"义女"存在，她可不想真等洛秋容病好，和裴雪清合力对付她，他却在一旁看笑话。

柳轼没有再说话，沉默半晌才道："微臣先行退下，娘娘保重！"

柳轼一走，白穆就速速起身，但一想到门外的莲玥，便缓下步子。

若她所猜不错，柳轼现在必然去摘星阁见太后了。莲玥不在，她还可以壮着胆子跟过去一瞧究竟。但莲玥在，就算她素颜，也别想在她眼皮底下偷偷出去。

第三章
真假父子

五日过去，风平浪静。

裴昭仪打过贤妃一个耳光后，后宫突然安静下来。太后和皇上并未责罚裴昭仪，只是口头责备了几句。众人猜测，许是贤妃受挫，知道自己不是裴昭仪的对手，便自行收敛。但裴昭仪愈加得意风光，几次甚至找到了朱雀宫，奈何贤妃称身体不适，闭门不见。

碧朱这几日也在纳闷，从前白穆是不喜欢身边有其他人，可不管怎样，不会排斥她在身边。这两天到了夜晚，连她都不让留在外殿，必须回自己房间歇息。

是夜，月凉星稀。

安静的宫殿内突然"嘎吱"一声响，月光洒入，随即人影闪过。

白穆只在书桌边留了一盏暗灯，似乎并未被突如其来的动静吓到，托腮看着那个身影道："想不到皇上的翻窗技术如此娴熟，真让臣妾震惊。"

商少君丝毫不觉狼狈，大方地拍了拍自己的袍子，"啧啧"道："朕不辞辛苦来看爱妃，爱妃却这样挖苦，朕好生难过。"

商少君嘴里说难过，面上却带着春风般的笑容，极其自然地坐在白穆身边，一手揽住她的腰："阿穆在写些什么？"

白穆的身子微微一颤，转首看住商少君，目光沉静。

昏暗的烛光并未使得商少君的脸模糊，反倒令他的眸子更加的透亮好看。他微笑着，一面拿过白穆手上的笔，一面道："朕记得你从前几乎每日要重复一遍，你叫白穆，白色的白，穆如清风的穆。朕从前便一直喊你阿穆。"

白穆的长睫颤了颤，迅速垂下。

商少君手里的笔停下，白纸上便出现一个"穆"字。

"朕说过相信你说的话，当然会尝试着与你一道找你想找的人。"许是夜色太温柔，商少君的话语都带着别样的缱绻。

白穆并未抬眼看他，只是凝视那个"穆"字许久，拿过商少君手里的笔，淡淡道："今夜皇上还有什么要交代臣妾的？"

商少君看着白穆在纸上一笔一画地写着，缓缓道："明日你去仪和宫见太后，拖住她，越晚越好，最少要到子时。"

白穆专注地写字，写完后搁下笔，答道："好。"

她也写了一个"穆"字，每一笔都与商少君的那个"穆"字一模一样。商少君略带诧异地看向她："你竟能写出与朕一模一样的字来。"

白穆垂了垂眼，抿出一个笑容来。

你当然不记得了。

她学会的第一个字便是这个"穆"字。那时他一面嘲笑她竟然不会写字，一面握着她的手一笔一画地教，一面笑着在她耳边嘀咕："阿穆……啧……姑娘长得不好看，名字被我写出来就这样好看了。"

第二日，白穆看好时间，算着太后约莫用完晚膳，便带着碧朱和莲玥去仪和宫。

今夜的仪和宫一如往常，只是因着是十五，多点了许多灯笼，显得尤为光亮。太后对白穆的到来颇为讶异，毕竟从前白穆很少过来请安。

"湄儿这么晚过来，可是有什么要紧事？"太后一如既往地和善，打发了所有人后，拉着白穆的手亲切问道。

白穆早便想好该怎么反应，说些什么，沉默许久后才开始幽幽诉说。

"上次爹爹过来，将如湄狠狠教训了一顿。"白穆委屈道，"但是如湄不是来找母后讨说法的，只是近来如湄受了太多委屈，实在是不吐不快。"

太后轻拍她的肩膀，柔声道："那你便说，哀家听着。"

白穆双眼一红："说来话长，母后也知道，如湄向来不太会说话，劳烦母后耐着性子听了。"

太后慈爱地看着白穆，颔首。

于是白穆开始"慢慢道来"。从出发去沥山开始，中途如何生病，天气如何严寒，学骑马如何辛苦，到最后委屈满满地形容自己如何千辛万苦地找到商少君，最后又是怎样忍气吞声地让人抢了功劳，自己却被人嘲笑。

一席话说下来，说了整整一个时辰。

"湄儿渴了吧？喝口茶。"太后亲自给白穆倒了杯茶递给她，叹息道，"哀家也能理解你的委屈，但身在皇家，凡事以大局为重。你乖巧懂事，心地又善良，哀家日后必定不会亏待了你……"

如白穆所料，太后想拉拢她，难得她主动倾吐心事，必会好好劝导一番。这一劝导，又去了小半个时辰，最终太后握着白穆的手道："今夜你便好好歇息。裴昭仪的事你也别放在心上，笑到最后的才是胜者，日后扳回局面的机会多得是。"

白穆悄然看了看天色，离子时还有一个多时辰。

"可是如湄并不愿用那些心机手段扳回局面，只是想要皇上的一颗心罢了。"白穆低声啜泣道。

太后的眸光微亮:"哦?哀家一直以为……你心中还是对那位未婚夫婿念念不忘……"

白穆叹了口气:"母后可想听听我与他的故事?"

贤妃的未婚夫……

当初白穆在酒楼说书找阿不,没多久便被人识出女子身份,个个夸她情深义重,为了寻夫花尽心思。柳轼收她为义女,虽然可以将她的来历身份掩去,那口口相传的故事却是无法销毁的。

久而久之,贤妃入宫前有位未婚夫几乎人尽皆知,而关于贤妃和未婚夫的故事,民间恐怕有十来个版本。

白穆毫不怀疑,不只是柳轼,太后和淑妃也必然在查那位"未婚夫",偏偏苦寻无果。她突然主动提及,太后怎会不感兴趣?

白穆稳了稳气息,缓缓道:"如湄的未婚夫,其实……是个痴傻儿……"

（四）弃子

白穆初识得阿不，或者说商少君的时候，一直认为他是个傻子。

她在凌河边捡回满身是伤的他，好不容易守到他醒了，问他名字，摇头；问他为何受伤，摇头；问他家住何方，摇头；问他饿不饿，摇头。

于是白穆只好唤他阿不。

他长久地沉默，在后院的石凳上一坐便是一整天，任由白穆如何逗弄他，他只是淡淡地看着，似乎听不懂她在说什么，不会哭，也不会笑。

他第一次说话，是白穆过于无聊，拿着镜子对着他，指着镜子里的人嘲笑："啧啧，你说你怎么这么难看？又笨又丑不会哭也不会笑！"接着拿镜子对着自己："呀，姑娘你真漂亮！整个商洛就数你最最漂亮了！"再将镜子对回他，问："你看你旁边的姑娘好看不？"白穆一直都是自问自答，正要回答，他却说话了，斩钉截铁道："不好看。"

他第一次笑，是他伤愈，白穆拿家里剩下的布匹拼拼凑凑地替他缝了一件衣裳。穿上身后阿爹摇头说她又在欺负他，阿娘说："乖乖哟，这么俊的公子被你整成什么模样了。"他却笑了，笑得非常灿烂。

他第一次哭，是白穆替他引走野狼，在床上昏睡三日后醒来。他握着白穆的手捂住自己的眼睛，良久不愿松开，她察觉到手心一片湿润，也跟着红了眼。

住在白穆隔壁的柴福便是名大夫。柴福说他该是中过毒，那毒对大脑损伤极大，因此身上的外伤好了，脑子恐怕是坏了，记不得前尘往事。

白穆那时还期盼着他早日恢复记忆，这样他们便可以名正言顺地成亲。

不想他记起了前尘，却忘了她。

白穆对太后所说的，自然不会是全部事实。只说他们是青梅竹马，再真真假假地讲些他们在一起的趣事。

这样的趣事讲得多了，太后的兴致也淡了下来，催着白穆道："天色不早了，湄儿早些回去休息吧。"

白穆看着也差不多到了子时，但昨日商少君说越晚越好……她略一沉吟，道："如湄今日竟一点儿都不觉得困乏，母后，不若与我下盘棋？"

白穆已经在太后眼底看出一缕焦虑,本以为她会拒绝,不想她微微一笑,带着点儿宠溺道:"好,好,哀家今日就都依你了。"

太后的话并未结束,但白穆却突然间听不太清,眼前也渐渐模糊,太后似乎在说"你既想留在仪和宫,便留着吧",又似乎在问"湄儿你困了"?

不困。

商少君说越晚越好。

不困。

商少君说越晚越好。

白穆的意识渐渐恢复的时候,脑子里回旋的仍旧是这两句话。但她的眼还未睁开,便被浓烟呛得连连咳嗽。

"娘娘!娘娘你在哪里?娘娘你快出来!"

是碧朱的哭喊声。

白穆一瞬清醒,猛然睁眼,便见眼前火光冲天,一根横梁"轰"地落在身前,门太远,窗紧闭,四周滚烫的热浪越来越近。

一片嘈杂中,白穆只听见外面的宫人不停在唤:"仪和宫失火了!仪和宫失火了!"

另一面,太后与莲玥,连同另一名贴身宫女换了一身黑色的夜行衣,鬼魅般迅速离开仪和宫。

"莲玥,都安排好了吗?"太后沉声问道。

"太后放心。"莲玥颔首。

"玉茹,柳丞相那边呢?"太后问向另一名宫女。

玉茹亦是颔首,低声道:"此前奴婢查看过,一切依照计划,柳丞相前往西四宫,皇上的御林军也在附近潜伏。"

太后神色冷肃,吩咐道:"你去东南宫门等候接应哀家。莲玥,带哀家去东九宫。"

"领命!"玉茹略一拱手,便迅速没入夜色中。

莲玥带着太后微一转身,朝着东面的方向离开。

太后的仪和宫火光冲天,后宫一片混乱,商少君的御书房却是烟香缭绕,矮榻上两个人盘腿,相视而坐,对棋凝思,一派安逸祥和。

"皇上这一子下得妙。"商少君对面的男子笑意盈盈,幽幽道,"看似黑白混战,两方不相上下,一子下去,前有埋伏待,后有追兵赶,这黑子……怕是插翅难飞。"

商少君嘴角含笑,看了对面那个人一眼:"幸得贵人相让,赢不了便是朕愚笨了。"

第二章 真假父子

"皇上心思巧妙，用人更是巧妙，微臣不得不服。"那个人拱了拱手佩服地说道，"只说后宫那个人，性子执拗且难以捉摸，皇上竟不费吹灰之力收入囊中，微臣委实好奇，皇上是如何做到的？"

"女人……"商少君微微扬眉，将棋盘中的黑子一颗颗捡起，"她要什么，给她什么，不日，你要什么，她给你什么。爱卿比朕更善于此道吧？"

男子一笑："微臣哪敢与皇上相提并论。"

"给你的东西，送去丞相那里了？"商少君话锋一转。

男子颔首道："此刻他正折道去东九宫吧。"

商少君脸上的笑容明明暗暗，眸子盯着棋盘，沉得瞧不见波光："难为太后等了他这么些年，朕也算做了次孝子，让她见他最后一面。"

"一箭双雕，甚妙。"男子放下一颗黑子，轻笑道，"丞相不再，丞相之女……皇上将如何相待？"

"丞相之女？"商少君嗤笑，"爱卿这是在取笑朕？"

"微臣不敢。"男子拱手道。

"哈哈……"商少君笑道，"爱卿以为呢？"

"微臣不敢妄下论断。"

正好窗外一阵风过，闪烁的烛光下黑色的人影随风而至，跪在商少君及男子面前沉声道："回主子，一切顺利，仪和宫大火，太后与丞相同时赶往东九宫。"

商少君与对面人相视一笑："下去吧，一切依计行事。"

黑衣男子跪在地上未动，似在踌躇。

商少君扬眉道："还有何事？"

男子拱手继续道："贤妃娘娘未能逃出，被困火中。"

商少君双眼微眯，睨着那个人。

黑衣人未敢抬头，只是拱手跪在地上，等着商少君的指示。

半晌，商少君略略垂目，浓长的睫毛挡住本就微弱的烛光，黑色的眼底暗得不见涟漪。他微微抬手，五指一松，黑色的棋子便一颗接一颗地落入棋笥中，噼啪一串脆响。

他不曾抬眼，只是静静地看着那些黑色的棋子，淡淡道："无用之子，可弃。"

（五）反间

"皇上，朱雀宫送来一幅画，请皇上共赏。"门外陵安突然高声道，"不知皇上是要今日看看，还是留到明日？"

商少君似乎有些意外，沉声道："送进来。"

陵安入内，俯着身子，双手举着画卷快步走向商少君，递到他眼前。

商少君不紧不慢地接过，解开上面的红丝带，慢慢打开，勾唇笑了起来，看了对面的男子一眼："看来朕低估了柳丞相所选之人。"

说着便将画卷递向对面。

男子接过，看了一眼便了然笑道："看来皇上这枚棋子还不能丢啊。"

仪和宫失火，后宫大大小小的宫殿，但凡有闲的宫人都赶去灭火，连御林军都出动了一批。

白穆蜷缩在角落里，睁不开眼，也挪不动半分，仿佛稍稍一动，那火热的滚烫便会将她吞噬。她以为她就要死在火场里，待有人想起她的时候，就只剩下一片灰烬了。

突如其来的一阵凉意将她包裹，她的身子一轻，便被一个清凉的怀抱拥着，迅速离开那片火热。

白穆连连咳嗽，被大火烘烤的脸颊烫得发疼，似乎要裂开，被浓烟熏浊的双目不断流出眼泪，浸得脸颊更疼。抱着她的人却没有丝毫放松，动作也不减缓，越往远处走，空气越加清新，那个人身上熟悉的气息也越加明显。

"莲玥……"白穆刚刚停下咳嗽，便沙哑着嗓子低唤道。

莲玥身上，总有一股若有似无的兰花香。

莲玥不答，仍旧带着她迅速穿梭在宫道中。白穆的视线也渐渐恢复，才发现宫中大部分人都赶去仪和宫灭火，宫道上竟是空空如也，格外寂静空旷。

"你要带我……去哪里？"白穆吃力问道。

今夜太后定是有要事，否则商少君不会让她将其拖住。她也不会在提议下棋之后意识模糊，被扔在火场。定然是太后嫌她碍事给她下药，而仪和宫的火，恐怕也是太后故意放的，用来分散宫人的注意力，好让自己行事方便。

若非如此，莲玥怎会在这个时候有空来救她，带着她往别处跑？

但莲玥始终不答，直至带着她停在一处宫殿屋顶。

白穆虽然已经入宫一年，但平日不喜到处走动，这宫殿她并不熟悉，莲玥带着她绕了许久，也不知自己到底被她带到了哪个方位。

只是刚刚停下，她便听到了熟悉的声音。

"你竟骗我！"是柳轼压抑着怒气的声音，隔着砖瓦，隐隐传来，"如此大事，你竟骗我！"

白穆见莲玥匍匐在屋顶听里面的动静，也跟她一样俯下身，并且小心翼翼地揭开了一片瓦。

从上往下看去，简简单单的宫殿，甚至有些简陋。斑驳的四方桌上摆着茶具，太后坐在一边，一身黑衣，装束清淡素雅，悠然地拿着茶壶倒茶。

"哀家以为，丞相大人今夜打算沉默到底，不说话了。"她嘴角带笑，声带嘲讽。

"你与我说少宫在这里，人呢？"柳轼负手而立，眯眼看着坐在圆桌边的太后，沉声问道。

白穆心下一跳，少宫？

她从前对皇家的事并不了解，连先皇姓甚名谁都不清楚。入了宫才渐渐耳濡目染地知道些事情，半年前开始悉心研读史书，琢磨朝廷局势。

先皇子嗣单薄，但也并非只有商少君一人。

二皇子商少宫，她曾听人无意间提及，却从未细细研究过。只知道他与商少君都是太后所出。

出身低微的太后却生下先帝仅有的两个儿子，这也是她在后宫地位稳固的原因之一。

"哀家也以为少宫在这里。"太后垂眸，掩住了眼底的神色，"只是哀家此前与丞相说的地点，是西四宫吧？"

"你这是何意？"柳轼在人前从来是神态自若，难得此时竟皱起了眉头，"不是你嘱咐宫女，特意通知我改到了东九宫？"

太后闻言，面上浮起了然的笑意，随即叹息道："哀家那个儿子真是不省心，连哀家都算计……不过他准备得当真妥帖，连茶水都还是温热的。"

柳轼一怔，似乎明白了什么，脸色一变甩袖便要走，太后突然道："柳丞相可还记得，你与哀家的初见？"

第三章 真假父子

柳轼一怔，刚刚抬起的脚生生放下。

"那年哀家不过十五岁，青澜湖上隔水一望，便望去了哀家的一生。"太后四十出头，却保养极好，并不显老态。

她伸手，动作娴熟地洗弄茶具，像是水乡里熟懂茶道的卖茶女，说话间脸颊染上点点桃红："丞相说钟情哀家，非卿不娶，哀家相信，变卖家产与丞相一道入都城，吃尽苦头，等来丞相高中状元。"

太后不曾抬眼，声音像细水般温柔，还带着莫名的笑意："丞相说与先皇家仇不共戴天，先报仇，再成家。哀家相信，入宫承欢，谄媚君心，只求为丞相贡献微薄之力。"

太后抬手，茶壶微倾，温热的茶水便随着泛白的水汽缓缓流出："丞相说不孝有三，无后为大。哀家相信，皇上钦笔赐婚，哀家亲临主婚，举杯祝你夫妻同心，白首不相离。"

一杯茶斟满，茶水清涤，仿佛三月里绿意浅浅的春水。

"丞相说冤冤相报何时了，一人之下万人之上，此生足矣。哀家相信，庙堂之上遥遥相望，你已有权有势、有妻有子，哀家只得当年青澜湖边你折柳相赠。"

太后放下瓷白的茶壶，声音仍旧轻缓："丞相说会保住哀家地位，给哀家至高荣宠，母仪天下。哀家相信，但……"

太后抬眼，笑得双眼似要掐出水来，将茶杯推到柳轼跟前："哀家不稀罕了。"

柳轼的眉头微微一颤，看着太后的眼，愈渐深沉。

"丞相可知，今日你若去了西四宫，等着你的，是什么？"太后眉尾微微一扬。

柳轼看住太后，黑沉的眸子里，竟有些许苦楚在悄然蔓延："原来你那日都是骗我，让我今日入宫，是想杀我？"

太后缓缓摇头："也并非全然骗你。哀家与丞相所诉的衷肠，可是句句属实。哀家的确爱着丞相，从十五岁，到四十五岁，哀家无怨无悔、不求回报地爱了整整三十年。"

柳轼的双拳紧紧握住，双眼微红，转身打开殿门往外走。

白穆在脑中迅速分析着二人的对话。

看来此前在摘星楼撞到太后与柳轼，两个人便是在商量今夜之事……但具体应该是怎样，商少君又从中作了什么梗，她一时还厘不太清。

"丞相以为，没去西四宫，便逃过了这一劫？"太后又是一声冷笑。

白穆循声看去，二人已经都在殿外，太后竟不知从哪里抽出一把匕首，飞快地刺了过去！而柳轼亦快速转身，一掌拍下太后手里的匕首，单手扼住她的脖颈，眉头紧蹙："当年是我负你，但我已倾尽全力保你在后宫的地位，扶你坐上太后之位，若非

商少君突然回来……"

"再用力点儿……"太后被掐住了喉间命脉,声线变得尖细,"柳……轼……你……用力点儿,杀死我啊!"

柳轼的手微微颤抖,双眉紧紧皱起。

"柳轼……我爱了三十年,等了三十年,竟连你的名字都没有资格唤!柳公子……柳大人……柳丞相……哈哈……"太后突然大笑,但喉咙被柳轼掐住,笑声非常怪异,"柳轼!你以为……这三十年我在后宫……是如何过来的?你以为……没有我,你如何坐上这丞相之位?又凭什么说是你扶我坐上太后之位?"

柳轼的神色渐渐复杂,缓缓闭上眼,手一松,太后便滑落,跌在地上。

"你给我丞相之位,我保你太后之福,你我本该就此两不相欠!"柳轼沉声道。

"哈哈……两不相欠……"太后跌坐在地上怅然大笑,"柳轼!你欠我的,穷尽此生你都还不清!"

一声落地,夜风刮过,冰冷而凄厉。

柳轼的身子猛然一颤,从前的冷傲从容仿佛都被那一阵风刮走,负手背对着太后,半晌才道:"我问你,那日与我所说的,究竟是真是假?"

太后蹒跚着站起来,拍了拍身上的灰尘,平静得仿佛什么都不曾发生,恢复了端庄模样,她道:"丞相大人自己做过的事,都不知真假吗?"

柳轼未语。

太后又道:"倘若是假,哀家今日在这里做什么?"

他们到底在这里做什么?白穆环顾四周,没看出所以然来。

"皇上说少宫在这里。"太后缓步上前。

柳轼嗤笑道:"他说你便信?"

"那哀家就该相信柳丞相?柳丞相何尝与哀家说过一次实话?"太后冷笑,带着恨意,眸子里却又有笑意融开,"哀家用丞相的命与他交换,自然信他会告诉我实话。"

柳轼沉沉地盯着太后,突地自嘲一笑:"所以你就与商少君联手,商少君告诉你少宫在这里,你便相信!引我去西四宫让商少君杀我,妄想以一己之力带他离开?"

"不愧是柳丞相,见微知著,这样快就猜到了事情始末。"太后扬声道。

"那结果呢?"柳轼不屑道。

太后笑:"结果?无论结果如何,哀家宁愿相信自己的儿子,也不会相信你,柳、大、人!"

第三章 真假父子

最后那三个字,太后一字一顿,似乎极为痛快。

二皇子商少宫,自商少君登基后即被软禁。白穆从太后和柳轼隐晦的对话中,有了一个大胆的猜测。

那二皇子该是太后与柳轼私生!太后用"少宫"引丞相入宫,骗他"少宫"在西四宫,让商少君借机对付他,自己不惜纵火仪和宫,想趁乱带"少宫"出去,结果商少君在其中动了手脚,"少宫"不在这里,丞相却到了这里……

倘若她的猜测无误,那么……

白穆环顾四周,商少君的人应该埋伏在附近才是。

"啪啪——"

柳轼击了两掌,殿内马上出来十余名黑衣人。几乎是与此同时,宫殿外墙上探出无数支箭头,齐齐指向了殿中的空地。

白穆匍匐在屋顶,放眼望去,火红的灯笼如同乍然被点亮的星辰,一个接着一个地亮起来,照得这阴暗的一隅刹那间恍如白日。

"丞相大人带着这么多刺客夜闯皇宫,可是来探望朕的"商少君率先踏入殿中,简单的便服,玉簪子束发,黑发随着微风轻轻扬起,在火光下尤为耀眼。

"将刺客拿下!"商少君脸色一沉,厉声大喝。

柳轼面不改色,冷然地盯着商少君,转而一笑:"老夫还真是养虎为患,小瞧你这只幼虎,这么快便长出獠牙利爪了!"他上前一步,不卑不亢地与商少君对视:"这一年来的刻意讨好曲意迎合,就是为了今晚?自己的脚跟都未站稳便妄想拔老夫的毛?"

柳轼说着,从袖间拿出什么轻轻一抽,"咻"的一声,绽放的烟花闪电般照亮天际,又一瞬消逝。

白穆下意识地起身看四周的变化,刚刚一动,便被身边的莲玥稳稳压住,但她抬眼便可以看见,不远处密密麻麻的人影正在向这间宫殿聚拢,人数比商少君带着的,多了两三倍不止。

白穆看清那些人的衣着,心下一顿。

当初柳轼让她拿到御林军令牌,原是为的今夜!

柳行云带着大批御林军将这宫殿再次围了一圈,柳轼神色自若地负手而立;太后静立在一旁,姿色端庄,不言不语;商少君站在柳轼不远处,同样负手而立,眼底噙着微微笑意,淡定地睨着柳轼。

"父亲！"柳行云今夜一身书生打扮，全然没有了白穆初见他时的武将气息，入门便急声喊道。

这一声"父亲"，让柳轼的面色稍稍舒缓。然而，下一刻，柳行云便对着商少君行礼，跪地道："末将救驾来迟！吾皇万岁万万岁！"

他跪在地上，结结实实地磕了个响头。

这一磕，柳轼如梦初醒，神色大变，眼中的悲凉如同这夜的冷风般肆意掠袭。

商少君睨着柳轼，笑意愈加深邃。

"你们可瞧见了？今夜谁人纵火仪和宫？"商少君目光冰冷，笑声懒散。

"柳丞相！"众人齐声回答。

"谁人随带刺客，挟持太后？"商少君扫过太后，暗芒在眼底一闪而过。

"柳丞相！"众人再道。

柳轼却一直盯着柳行云，太多的情绪充斥在眼中，最后只余甚少见到的殷红颜色。

"末将奉皇命，暂代御林军副总领之职，率御林军捉拿夜焚仪和宫、挟持太后的刺客！还请父亲体谅！"柳行云眸光低沉，带着冰凉的寒意。

"行儿……"柳轼低唤一声，声音是不曾听过的轻软。

柳行云却好似并未听到，上前一步扣住他。

柳轼由着他，并未反抗，垂下的眼眸掩住了眼底的神色，随他与大批御林军消失在夜色中。

白穆静静地看着这一切，不知为何，突然想笑。

她在史书上读过那么多手足相残、父子相杀的宫闱"常事"，从未想过，竟有机会亲眼得见。

不觉得震惊，不觉得伤痛，只觉得冰冷，与可笑。

"皇上，仪和宫宫人来报，大火已灭，但是……"陵安不知何时出现在御林军中，从密集的人群中钻出，跪在商少君旁边，声音有些微颤抖，"但是朱雀宫的宫女碧朱在仪和宫哭闹，说……说……"

"说什么？"商少君略有不耐。

"说贤妃娘娘在仪和宫中，似乎……未曾逃出……"陵安的声音低到几乎一吹即散。

从白穆的角度与距离，看不真切商少君此刻的表情。天空不知何时飘来一片乌云，掩住了倾洒下来的月光，商少君的身影被火光拉得斜长，风很急，那影子却一动不动，良久，他抬头看了一眼柳轼召出的黑衣人，淡淡道："一个不留。"

第三章
真假父子

他转身便走，不忘补充道："上面那两个，莫要漏了。"

白穆察觉到莲玥的身子一颤，身子一轻，再一顿，便已经落在了商少君眼前。

"奴婢该死！奴婢已救出娘娘，特带娘娘来见陛下！"莲玥仍旧挟着白穆，力度不减反增。

白穆经历这整整一夜，头发凌乱，衣衫有被烧过的痕迹，脸上的妆也花得看不出原本的模样，若莲玥不说"娘娘"，恐怕也没人认得出这样狼狈的女子，会是贤妃。

商少君上下打量着白穆，眼神在莲玥扣着她的手腕处顿了顿，嘴角勾起一抹笑意："莲玥如此忠心护主，真让朕刮目相看。"

莲玥一直垂首，沉声道："主子在，奴婢才在。奴婢日后定然只为主子着想，绝无二心！"

"无二心，只怕会有三心、四心。"商少君仍在笑，悠悠扫过莲玥。

莲玥扣着白穆手腕的手并未松开，另一只手从腰间拿出一只瓷瓶，揭开盖子仰面喝下，随后单手托瓶上举，道："奴婢服下的乃是'春殇'。"

白穆侧目。

春殇，她曾在书上见过。剧毒，一个月须得吃一次解药，否则逢春日全身溃烂而死。此毒本是商洛特制，解药更只有商少君才有。

看来太后近日会事败，莲玥早已看在眼中。担心被株连问罪，竟自服剧毒，向商少君表忠心。

商少君一个眼神，陵安上前小心地拿过莲玥手里的瓷瓶，嗅了嗅，点头。商少君便笑道："莲玥在宫中多年，朕自然是放得下心的。"

说着他转眸看向白穆，道："湄儿，过来。"

莲玥扣着白穆的手已经放开，白穆缓步过去，还未走出两三步，便被人抱了满怀："阿穆辛苦了。"

商少君在她耳边柔声低语。

白穆垂着眼，低笑出声，道："有劳皇上体恤。"

（六）破局

这个冬日似乎极为漫长。

连绵的雪再次在人们猝不及防间铺满皇城，一片素净安宁。但总有那么些不在阳光下的角落，受不了雨露，承不了风雪。

天牢的光线极为暗淡，一年四季都靠着微弱的烛光勉强照亮，由于不通风，充斥着极为难闻的味道。

但是这样恶劣的环境里，柳轼仍旧衣着得体，面容干净，立在牢房中负手仰望几人高的墙上细窄的缝隙，神情格外专注。

柳行云进来的时候，看到的就是这样一幕。

"父亲。"他唤道。

柳轼回头，神色不再如那夜起伏不定，眯眼静静地看着柳行云，半晌，才道："如此，你有什么好处？"

他千算万算，算不到柳行云会背叛他。

这唯一的儿子，从小他就悉心教导，倾尽毕生所学地培养，自认从无半分亏待，柳家的势力所及他也从不隐瞒，毫无保留地将一切交给他打理。

若不是柳行云突然倒戈，商少君无论如何都不可能这么快动得到他。

柳行云微微一笑，眉眼间与柳轼极为相似："父亲忘了母亲是如何死去的吧？"

柳轼一怔。

"就算母亲的死跟您没有任何关系，那妹妹如何死去的，您还记得吧？"柳行云仍旧笑着，黑色的眸子里却泛出冰冷。

柳轼在他第一问的时候嘴唇还动了动，想要解释，那第二问，却生生将他堵住一般，令他面色渐渐苍白。

柳行云嘴角噙着笑，只幽幽道："行云所作所为自问无愧于天地，今日来见您，并非为了解释，只是想提醒父亲，牢中清苦，父亲的罪又不是一两日可定夺下来的，不妨趁此机会好生想想，从前所作所为是否值得。父亲自行保重！"

语罢，柳行云没再看柳轼，沉着地负手离开。

那夜之后,无论后宫还是前朝,都被突如其来的暴风雨打击得措手不及。柳丞相一夜之间收监入狱,一连三日,朝中官员纷纷谏言,请求皇帝细查此事,不可轻下定论。向来温和亲善的皇帝静然听之,只宣少年将军柳行云入宫,当朝讲述事情始末,大臣们纷纷缄默,再不敢多言。

而仪和宫遭受大火,正待修缮,太后遭挟受惊,移居僻静的西九宫闻风阁。贤妃娘娘事后重病,正好淑妃身体好转,后宫事宜便暂交由她来处理。

西九宫的闻风阁,阁如其名,安静得听得见风起之声。莲玥替太后绾好发,正要上妆,却被她阻住。

"总归无人看见,罢了。"

说是"暂时移居",明眼人都清楚,那夜太后身着夜行衣,妆容清淡,哪里是被人突然挟持的样子?许是皇帝顾念母子情分,才有意给太后铺了后路,说是被"挟持"。这"暂时"的移居,恐怕就是后半辈子了。

莲玥本就不多话,太后这样说,她便放下梳子,准备出门去拿早膳。

"玉茹呢?"太后问道。

玉茹原和莲玥一样,是太后身边的心腹大宫女。

莲玥脚步一顿,回头俯身道:"随柳将军出宫了。"

"随柳行云?"太后扬了扬眉,摇头笑道,"她便是为了跟柳行云出宫才背叛了哀家,瞒着哀家让柳轼去了东九宫?"

莲玥垂眸,只沉默不语,太后又道:"你也到了出宫的年纪,找个良人嫁了吧。"

"奴婢不敢。"莲玥忙跪下道。

太后瞥了她一眼,笑着拿起梳子,仔细地梳着鬓角,淡淡道:"你和玉茹都随了哀家十年,良禽择木而栖,不说在后宫,即便是宫外,这也是基本的生存法则,哀家并不怪你们。你既服下了剧毒,便好生为皇上办事。说吧,皇上让你过来,可是有什么话要传给哀家?"

莲玥跪在地上,略有踌躇,片刻才道:"皇上说,娘娘想见的人,这辈子都休想再见到。"

太后的手微微一顿,嘴角的笑容慢慢拉大,眼底的苦涩也愈加浓烈。

"见不到他,偶尔见得到皇上也是好的。"太后缓缓道。

莲玥脸上难得露出意外的表情,太后继续道:"哀家从入宫那日开始,便不曾想着有朝一日还能出去。哀家并不介意老死宫中。"

第二章 真假父子

"你跟了哀家十年都不了解哀家，也难怪皇上了。"太后又是一抹苦笑，"说来哀家当年也不过是江南小镇里落魄人家的女儿罢了，从不曾想过这红砖绿瓦、金碧辉煌、荣光盛世会与哀家有半点儿关系，即便如今万万人之上，哀家也不过一介普通女子罢了。"

她不过心系丞相，甘愿全心助他，一脚便入了这深深后宫；她不过不甘任人排挤陷害，想要站稳脚跟保住性命，一脚便卷入了明争暗斗；她不过如天下母亲一般疼爱自己的儿子，想要事事周全，一脚便已万劫不复。

一步一步，不知不觉走到了今日。

再回首，人事已全非。

"你去回皇上，手心手背都是肉，哀家行事待人从未有半分偏颇，问心无愧。"太后声色一冷，瞥了莲玥一眼便道，"哀家既已失势，你便安安分分留在朱雀宫吧，日后不用再来了。"

"奴婢告退，娘娘圣安！"莲玥跪地，重重磕了个头后起身离开。

白穆在沥山一行中本就受过重伤，虽然已经痊愈，身体却大不如前。那夜在仪和宫先是被困在火中，后来又随莲玥在屋顶吹了半夜的冷风，回去之后身体便开始发热，没日没夜地昏睡。

这次昏睡，她并不似从前毫无意识，偶尔会醒来，碧朱或者莲玥便给她送药。偶尔精神好一阵，碧朱便给她讲讲她昏睡期间发生的一些事，比如太后移居闻风阁；比如淑妃掌管后宫，裴昭仪如何嚣张；比如皇上什么时候来看她，她却睡着了；再比如柳行云被调回都城，朝中一半大臣力荐他继任柳轼的丞相之职，另一半竭力反对，如今此事悬而不决。

冬日渐渐过去，天气回暖，阳光也愈渐明媚，朱雀宫的梅花开了整院，白穆的病气渐去，昏睡的时日也越来越短。

这日她正服下药，陵安的唱到声便响起来。

似乎有许久没有好好见过商少君，乍一眼望去，他踏着阳光进来，身上染了院子里的梅花香，充满朝气的脸上带着微微笑容，墨色的眸子一对上她的眼便融入暖色，笑了起来，平和得像是不争朝夕的世家公子。

"碰上你清醒，真是难得。"

碧朱与莲玥快速行了礼便退下，白穆正要起身，商少君便道："免了。"白穆也

就坐在榻上道了句:"皇上万福。"

商少君眉目带笑地看了她半晌,一手抚上她的脸颊:"瘦了。"

白穆垂眼笑了笑。

"这个拿着,隔一个月给莲玥服用一颗。"商少君将一个药瓶塞在白穆手里,"前两个月你病得太重,便先放在朕这里了。"

白穆摩挲了一下那冰冷的瓶身,笑道:"即便皇上不给臣妾解药,臣妾也不会认为皇上留了个眼线在臣妾身边。"

商少君眯了眯眼,身子坐直,便离白穆远了些:"朕以为,阿穆说话不会这样拐弯抹角。"

阿穆?

白穆轻蹙了下眉头,淡淡道:"皇上还是叫臣妾'爱妃'较为顺耳。"

"不是说朕从前便是喊你'阿穆'?"商少君轻笑,"怎么?生气了?"

"臣妾不敢。"白穆低眉顺目。

当初商少君让她做些什么,她便去做,却并不知道为何。但那夜亲眼看着后宫发生的一切,她即便再愚钝也该明白,商少君与太后本就是串通好的,但他不愿依着太后的意思来,便刻意叫她这个本是柳轼阵营的人去打乱太后的计划。他不仅串通了太后,还与柳行云联手。

所以那夜会发生什么,都在他的掌握之中。

甚至仪和宫的大火,他也必然知情。

白穆的嘴角不自觉地扯出一抹自嘲的笑意,道:"如今左右两相分权而治,皇上的目的达到,无须再刻意讨好柳家,'柳如湄',是否也该就此落幕了呢?"

此前就柳行云是否继任丞相之位的争执已经有了结论。朝廷不再只有一个丞相,而分为左右两相。左相为洛家的当家人,即淑妃洛秋容的父亲洛翎。右相,便是年轻有为的柳行云。

当年的商洛,乃是太祖皇帝与洛家祖先共同打下,只是二人情同手足,互让皇位,最终洛家祖先称与夫人情深似海,不愿坐拥后宫让夫人委屈,太祖皇帝才登上皇位,并下旨改国号为"商洛",旨称有商洛一日在,洛家便世代封侯,共享天下。

几百年来,洛家兴盛,虽不曾有人在朝中为官,势力却从未削减。

白穆清楚商少君是在慢慢收回皇权,从前步步受制于柳轼,即便一举将柳轼扳倒,柳家一手培植的势力却不会善罢甘休,他登基一年,不足压制,便留下柳行云以作安抚。

但柳行云毕竟年轻，又无太大政绩，难以服众，因此拉出洛翎尊为左相，平了众议的同时又能让洛家暗藏的势力渐渐浮出水面，让柳家与洛家的暗斗变成明争。

鹬蚌相争，渔翁得利。

事已至此，"柳如湄"早便可有可无。

商少君并未答话，只是噙着笑意的眸子渐渐深沉，半晌后拉过白穆，拥在怀里轻声道："爱妃如此，真让朕心疼得紧。"

白穆看不见他的神色，只能感受到他温暖的体温，温柔的话语，好听到让人不忍怀疑他的用意。

这日白穆清醒了许久，看着日头渐渐落下，在窗棂洒下余晖，偶尔几朵梅花凋零，随着轻风不见了踪影。

夜晚服下药后她早早睡下，夜半醒来竟不觉得冷，而身边多了一个人。

他本是背对着她，似乎察觉到她细微的动静，翻个身抱住她。

他的呼吸顺着她的额头拂过她的双眼，温暖而湿润，带着热度的手揽着她的腰，紧贴着他的身体，亲昵得仿佛是这世上唯一可以依靠的人。

白穆略略一动，头便靠在他的胸口，他双手拢了拢，她整个人被温暖的气息笼罩着。

瞧，他就是这样的人，这样一个精细而聪明的人。

他说他信她，便真的信她了。

信她爱他，信她和阿不的故事，信她会为了他付出一切。

他也懂得。

懂得她想要什么，懂得该给她什么，懂得怎样让她为他付出更多。

可是她，却没有办法让他再次爱上她。

第四章 真假情意

第四章 真假情意

（一）臣妾

数百年来洛家家主首次为官，正面参与朝政，而洛家长女洛秋容又奉命打理后宫，俨然已是半个皇后。一时间，向来低调的洛家风光无限，门庭若市。

柳轼一案牵扯众多，他本人又对朝廷贡献颇丰，深受百姓爱戴，审理起来并不简单，因此迟迟未有量刑。而柳行云上任右相以来，曾经柳家一派的势力明显向曾经势单的保皇派靠拢，行事比从前低调得多，比起洛家来更是暗淡无光。

贤妃重病一场，一月余方才渐渐好转，到了三月杏花开，才完全脱了病气。只是这一场病后，贤妃又恢复到之前的状态，时常闭门不出。

这日碧朱一边哼着小曲儿一边在院子里摘杏花，打算下午闲来做些杏花露，哪知才摘了没几朵，又听见那让她反感的声音。

"你们娘娘身体哪里又不舒服了？"尖锐的女声从宫殿门口传来，"我们昭仪上次来见还是好好的！"

碧朱冷哼了一声，拎着篮子回头对绿翠道："你去跟娘娘说那个讨厌鬼又来了！我先去瞧瞧。"

绿翠掩嘴一笑，应了声便转身回去。

碧朱打一开始便不喜欢裴雪清，之后更是越来越不喜欢。但是她到了宫殿门口，一脸厌恶的表情马上被一脸笑容取代，热情地俯身行礼道："昭仪娘娘金安。"

裴雪清瞥了她一眼："姐姐又生病了？"

碧朱乖巧答道："娘娘今早起床略有不适，不过听说昭仪娘娘来了高兴得紧。这不，赶紧让奴婢来迎娘娘了。"

裴雪清莫名其妙地看着碧朱，见她转身往里走，也只好跟上。

碧朱转身便给了身后人一个白眼。

虽然极其讨厌，但阿穆说了，洛家正风光着，没必要和她们硬碰硬，丢了身份还不讨好。

沥山一行，白穆重伤后便极为怕冷，即便是春意盎然的月份，殿里仍旧点着暖炉。她还是与冬日一般，披着狐裘窝在矮榻上看书，听见脚步声，抬眸看了一眼，复又垂下，仿佛什么都没瞧见。

裴雪清入门便道："这么暖和的天气，姐姐怎么还点着暖炉，穿得这样多啊？"

白穆仿佛没听见，没有搭理。

裴雪清自行找了个位置坐下，一面恍然大悟般道："妹妹倒是忘了，上次姐姐在雪山上受了伤，御医说过会留病根来着。恐怕是那之后姐姐就格外怕冷了吧？"

裴雪清又问，白穆"嗯"了一声。

"唉，也怪妹妹，当时顺着路上不知哪里来的血迹找到皇上，便无暇带着当时还是将军的右丞相找姐姐了，这才让姐姐伤得那样重。"

柳家失势，太后不理后宫，贤妃的靠山倒了个干净，裴雪清说起话来也完全没有顾忌。连皇上都有一个月不曾踏足这冷清的朱雀宫，她实在想不出贤妃东山再起的理由，不过是百足之虫死而不僵罢了，被打入冷宫是迟早的事。

碧朱在一边默默地瞪了她一眼。

从前碧朱还不明白沥山那夜到底发生了什么事，可最近裴昭仪越来越招摇，想各种法子冷嘲热讽揭伤口，加上上次白穆甩她三个耳光时说的话，碧朱也能猜个七七八八。

只是这样的话说得多了，碧朱听着都厌烦。

果然，白穆只是"哦"了一声。

裴雪清继续道："看姐姐郁郁寡欢，可是为义父担心？就算您义父不在，右丞相也不会置姐姐于不顾的，毕竟右丞相和皇上一样，与柳家小姐一起长大的呢。"

"嗯。"从头到尾，白穆眼都未抬。

裴雪清不服，又左左右右说了许多。无论说什么，白穆只是"嗯嗯啊啊"地应着，她也挑不出错来，最后终于觉得无趣，便怏怏地走了。

碧朱松了口气："谢天谢地，终于走了，阿穆，你可真能忍。"

"嗯？"白穆抬头，诧异地看碧朱，"刚刚有人来吗？"

碧朱"噗"地一笑，睨了白穆一眼："我继续去准备杏花露了！"

白穆笑着把眼神落回手中的书本上。

傍晚时分，碧朱打发掉其他宫人，在小厨房准备好食材，和往常一样，熟练地打开朱雀宫的偏门，那个人便恰好出现在门口，满面和煦的笑容。

"皇上万福。"碧朱行礼道。

"免了免了。"商少君摆了摆手，听语气，心情很是不错。

碧朱关上门，跟在他和陵安的后头。

第四章
真假情意

她也不太明白皇上和白穆演的是哪一出。对外，皇上已经有一月余不曾到朱雀宫，其实每日傍晚他都会着便装，避着其他宫人过来。偶尔不来，必然是太忙了。

当初白穆刚入宫的时候，皇上也常来，光明正大地来，但那时白穆会打发掉所有人，包括碧朱。每次皇上走了，碧朱就见她的眼眶是红的。如今皇上再来，白穆不会特地打发掉她，但她会有意退下，偶尔观察一下，发现二人其实并没什么交流。

要么一个批折子，一个看书，要么两个都看书，不过各看各的，就算会说话，也是短短几句。到了天黑，皇上也不会留在这里用膳或过夜，该去哪里便去哪里。皇上走了，白穆也仍旧是一脸平静。

碧朱叹了口气，搞不明白的，就糊涂着好了，反正每日她和陵安在外头聊聊天，也挺开心。

商少君入殿，扫见白穆，笑意便在眼底融开："爱妃今日在忙什么？"

白穆仍旧是早晨的一身衣服，站在书桌前，拿着笔，见到商少君后俯身行礼，回道："回皇上，臣妾在画杏花。"

商少君已经走到她身前，扶起她，就势拉着她的手，垂首看去，笑道："爱妃果然聪慧，比朕画的好多了。"

都说商少君少年帝王，文武全才。他的确会很多东西，可偏偏不会作画，无论画什么，都能让人瞠目结舌，惊叹不知此画为何物。

譬如之前他送她那对"熊掌"。

白穆想到那幅画，便笑起来，但还是低着头，抽开商少君握着的手，俯身道："皇上盛赞。"

"你何时能收起你这套？"商少君略显无奈地看着她。

"臣妾不敢。"白穆再俯身道。

商少君扬了扬眉："那'臣妾'可想出宫走走？"

白穆一怔。

商少君唤了一声"陵安"，陵安便推门进来，手里托着一套衣物。

"今夜朕难得得闲，'臣妾'可愿随朕出宫走走？"商少君又笑问。

大概是在"规矩"这件事上吃的亏太多，从她决定重新踏出朱雀宫那日开始，白穆已决定分清自己的感情。阿不是阿不，商少君是商少君，阿不没有商少君的记忆，商少君亦没有阿不的记忆，她不能将他们混淆看待。

或许穷尽此生她都再等不来阿不，但她不会心无希望地活着。

或许偶尔她还是会想念，会怀念，她允许自己有那样脆弱的时候，但大多数时候她要保持清醒。

他是君，她是臣，她会牢记，无论他说什么、做什么。

然而，商少君说出"出宫"这个词的时候，还是让白穆的心神微微一颤。宫墙深不可测，宫路遥不见尽头，"出宫"便像是暗黑无边的夜色里一颗明亮的星辰，让人一见便挪不开眼。

"臣……"白穆正想说"臣妾遵旨"，想到商少君刚刚的调侃，抿唇咽了下去，简单答了声"是"。

（二）告白

商洛商农并重，都城常年人来货往，很是繁华。出了宫白穆才发现今夜是十五，每月十五都会有持续到子时的夜市，比平时热闹数倍。

白穆先是换了一身太监的衣服随着商少君出宫，出了宫门，又在马车上换上一身妇人装扮。

既然出了宫，再像宫内那样浓妆艳抹难免遭人侧目，因此白穆在商少君面前，极为少见地没有上妆。

下车之前，商少君看了她好几眼。白穆只当没看到，他少见她素颜，却不是没见过的。第一日接她入宫，便知道她长什么模样。

两个人如同普通夫妻那样在街上闲逛，但出众的气度还是引得不少人频频回头，当然，其中女子偏多。

陵安不远不近地跟在后头，看着自家主子去拉另一个主子的手，拉上了，转眼那位主子抽开了；自家主子又去拉，拉上了，转眼那位主子又抽开了；于是再拉，再抽。如此来回好几个回合，陵安的眼看得有些发酸，干脆垂目只看着两个人的脚步。

"你就不怕又把我弄丢了？"商少君突然问道。

白穆的五指微微一紧，侧首看向商少君。他正望着她笑，双眼明亮而清澈，带着些许嗔怪。

约莫两年前的现在，她已经捡到阿不三个月了，带着他到捡到他的河边去："喏，你就是顺着这条河漂下来的。"

她一边说着，一边笑嘻嘻地拉着他往河边去，捡起石头在平静的河面上打水漂。他们时常在河边玩这样的游戏，但对着那条河，他却不愿走近。她推搡着他向前："胆小鬼，这有什么可怕的？"

他便回头，嗔怪地笑问她："你就不怕我又掉到河里去了？"

她脸色煞白地拉着他就跑了。

商少君再次拉住她的手，白穆没有再抽开，随着他左拐右转。

好歹是到了宫外，灯影闪烁，人来人往，热闹非常。白穆也渐渐丢掉那些杂乱的心思，开心起来。碰到人多的地方，商少君拉她的手会握紧，她也反握住，倒是苦了陵安，

一路紧盯着，生怕跟丢了。

三个人走走停停，大到各类首饰店、布行钱庄、小到糕点铺子，胭脂摊都看了一看，碰上什么商少君就问："喜欢？"

白穆摇头便作罢，点头自然是买下。不过最后陵安手里拿着的，也不过是些糕点甜品，还有两罐子米酒。

"三碗阳春面。"商少君随意走到一家小店门口找了个空座坐下。

白穆看了看他，并未多语。

陵安哪里敢跟两个主子同桌而食，过去帮小二端面。小二没见过客人这么热情的，连声道谢，过来见到白穆，眨了眨眼，又看了看商少君，再看回白穆，乐呵呵道："我说哪里来这么好的客人！这位夫人，好生眼熟……可是小店的常客？"

白穆只是朝他笑了笑。小二再见她一身衣着打扮，怎么可能是自己这小店的常客，放下面便抱歉地欠身走了。陵安连忙将多出来的那一碗面推到商少君眼前："公子要多吃点儿，已经好久没用过晚膳了。"

说完商少君便瞥了他一眼，他似乎意识到自己说错话，连忙闭嘴，又道："公子，夫人，前面就是老刘包子铺，奴……我，我去买些……"

小店旁人来人往，商少君拿起筷子，悠悠笑道："我还是第一次与这样多的人一起用膳，果然别有一番滋味。"

白穆看着他吃了一口，商少君皱眉，又松开，抬眼看她："你看着我作甚？"

"好久没听公子自称'我'，而且……"白穆低眉笑了笑，"公子这又是为何？"

商少君在讨好她。

宫中人都说柳轼已倒，柳家大势已去，她这个用来平衡柳轼与皇帝之间关系的棋子已无可用之处，除非皇帝对柳湄深情到可以宠她这个冒牌货一辈子，否则打入冷宫只是迟早的事。

白穆自己明白，她与柳湄并无所谓相似之处，她也不是常常都愿意在商少君面前扮作柳湄来讨好他，连她自己都觉得，她已经没有什么特别的利用价值。

但商少君一直在讨好她。

每日傍晚过来看她，陪她一两个时辰，即便她对他不理不睬。但对外朱雀宫已状如冷宫，他最宠的是裴昭仪。他每日避着旁人过来，来回路程都要大半个时辰，算上在她那里待的时间，自然无暇用晚膳。

今夜说是恰好得空出来转转，赶上十五，民间夜晚最热闹的时候。一路逛得看似

第四章 真假情意

随意，走过的路，经过的大小店铺，都是从前她和碧朱最喜欢去的地方。

比如这家面店，算不上多好吃，只是这里茶楼林立，从前碧朱听白穆说完书，二人就一并来吃上一碗，吃得久了，便有了感情。

"公子有什么需要我做的直说便是，无须如此。"白穆淡淡道。

商少君放下筷子，端坐着，凝视白穆。

繁华的街头，夜灯明媚，人声鼎沸。只有那一个角落，男子凝视身旁的人，黑色的眸子里映出城门口的烛光，闪烁着剪水似的微光。女子眼眸微垂，不知是在看眼前的筷筒，还是陷入沉思之中，眸光虚无。两个人静得仿佛四周的空气都停止流动，与这热闹的街市格格不入。

"我知道这些年宫中种种，你对我心生嫌隙，偏见颇深。"商少君徐徐开口，"嫌隙未散，偏见未除，一个月前柳轼一事我又将你扔在火场，你心中颇有怨愤，可对？"

白穆的长睫微微一颤，眉眼垂得更低。

"此前我说相信你曾经说过的话，问你信不信我，你说信。"商少君颇有磁性的声音在嘈杂的街头依然清晰入耳，"倘若我说那日即便莲玥没有事先救你走，我也早已安排人手会救你出去，你可信？"

白穆不止眉眼垂得低，脑袋也低了下去。商少君却一手抬起她的下巴，让她不得不看着他："倘若我说有些羡慕你对那位未婚夫婿的赤诚，想要取而代之，赢得你的心，你可信？"

白穆原本单手扶着碗里的筷子，闻言手猛地一颤，一双筷子都"噼啪"掉在地上，慌张地弯腰去捡，却发现太远够不着，支起身子，脑袋又猛地撞上桌子。最后只好安安分分地坐在那儿，不答话也不动作，双手不自觉地绞紧了衣袖。

"罢了，不吃了。我带你去见两个人。"商少君忽而一笑，拉起她的手就走。

白穆被他拉着，恍恍惚惚地穿越热闹的人潮，迷迷糊糊地走到马车前，一直到马车开始前行，她仍旧觉得耳中是不停涌进的各种嘈杂人声，直闹得她心跳加速，浑身燥热，穿过车窗的凉风也无法使她立刻冷静下来。

待到她终于觉得脸颊不再发热，心跳也渐渐平复，才发现马车已经出城，越走越偏。

马车兜兜转转，停在一处极为僻静的山谷处。白穆对都城之外并不熟悉，一时也辨不出这是哪里，只是天色暗黑，四周零星见到几盏家灯，该是一处人烟稀少的小村。

商少君没有让陵安扶她下马车，而是双手一托，轻而易举地就将她抱下车。

"你进去看看？"商少君笑着指了指正前方的一处民居。

白穆狐疑地盯着他。

"我在外面等你。"商少君抚着她的脸颊,顺了顺她的发髻。

白穆不再犹疑,慢慢往那宅子里走去。

宅子应该刚修不久,但格局与附近几家相去不远,院子里种了花草,看不出什么异常。宅子里的灯还亮着,却看不见人影。

白穆慢慢走过去,敲了敲门,无人应答。

她又用力敲了敲,里面才传来人声:"哪位啊?"

白穆一听那声音,便愣在了原地。

大门"咯吱"一声打开,暖黄的灯光从中漏出,照亮了白穆的脸。她不知何时红了眼眶,白净的脸颊上尽是泪痕,倾身抱住开门的人,哭道:"阿娘!"

（三）双亲

白穆只是哭。

她许久不曾这样放肆地哭，什么都来不及说，什么都顾不得想，只要看着那两张亲切而熟悉的脸就不顾一切地哭，似乎要把这一年多来所受的委屈全部哭个干净。

她都不知道自己哭了多久，迷蒙中见到父母也跟着抹泪，才渐渐停了下来，双手抱着妇人的脖子，靠在她怀里，就像幼时她常做的那样。

"阿娘，你们怎么会在这里？"白穆抹去眼泪，带着浓重的鼻音问道，"是皇……是那位公子安置的你们？"

白夫人心疼地将白穆看了又看，红着眼点头。

"那时候我们得了你的消息，说是拜柳轼为义父，你爹当即急不可耐地带我出去找你。那几日变天，娘的身子不争气，便暂时歇在城外的一家客栈……"白夫人一面安慰地拍打白穆的背，一面轻声道，"唉，你被带入宫后，你爹也被看了起来，担心我在外面等得久了，干脆说出我的所在，有什么事我们都在一起……"

白穆抬首看向一直沉默地坐在桌边的阿爹。

健硕的肩膀并未因为年老而颓然，目光炯炯，英气仍在，皱着眉头，心疼却又无奈地看着白穆。

白穆从白夫人身上起来，走到白老爷面前，跪下："阿爹，是穆儿不对，穆儿当初不该不听爹娘的话，阿爹你莫要再生气了。"

白老爷的眼也跟着红了一圈，挪开眼神看向窗外。

当初白穆与阿不可算得上是"私订终身"，两个人回家将想法对二老一说，白老爷当即不同意。白夫人苦口婆心地劝，称"阿不"的模样和气度都不像普通人，浑身是伤地到了他们家，也不知从前经历过什么，真要嫁，也该等他记起从前的事再嫁。

她从小被惯着，性子执拗得很，只觉得阿不的病也不知什么时候才能好，莫非一辈子不好，他们就耗上一辈子？

二老向来疼爱白穆，最终也还是松了口。但他们从来不准白穆单独出远门，白穆偏偏带着阿不偷出家门，去了商都，酿成了今日这个局面。

"罢了，事已至此，起来再说话。"白老爷沉声道。

白夫人忙上前来扶起白穆,一面对白老爷嘀咕道:"你对女儿这么凶做什么?好不容易见着了,你就不能笑一笑?"

白夫人说着,拉起白穆的手:"穆儿,这么些日子,那……那位公子,待你可还好?"

白穆怔了怔,爹娘在宫外,关于"贤妃"那些传闻,想必是没少听说。但商少君待她究竟是好还是不好?

在她还有利用价值的时候,也没有什么不好的吧。

白穆笑了笑,反握住白夫人的手:"阿娘,他若待我不好,又怎会安置你们,还带我来看你们?"

"爹娘呢?"白穆转而看向白老爷,"过得可还好?"

"那位公子并未为难我们。"白老爷缓缓道,"每个月有人送银两过来,这里又无人识得我们,也没什么不好的。"

"那便好。"白穆轻出一口气。

一时间三个人都沉默下来。

久别重逢,仿佛有许多话要说,又仿佛不知该如何开口,不知该从何说起。

烛火在安静的小屋里"扑哧"一声,闪了闪,打破了沉默。

白老爷率先开口:"丫头,一年未见,你是否有些话想问阿爹阿娘?"

白穆有些诧异地看向白老爷。她的阿爹果然如她所想,并非凡人,不待她开口就知她心中所想。

"阿爹、阿娘……你们……"白穆顿了顿,试探着抛出她心中第一个疑问,"你们僻居商都之外,是否……是否故意避世隐居?"

从前她见过的人少、事少,从未觉得自家爹娘有何不同凡人之处,到了商都见过各色人等才渐渐回味过来,阿爹不凡的气度,阿娘大方的举止,岂是普通农户人家会有的?

她从小长大的白家村,翻遍商洛地图未有标注,她曾无意间向阿碧提起,阿碧从未听过。回想起来,那地方虽然算不上偏远,却胜在选址绝妙。村里人要出去容易,外人要进村,入口却极为隐蔽。她在那里十几年,也只有重伤的商少君顺着河水漂进来过。

村里每几日就会有人出去采买村中所需的物品,以前她郁闷极了,怎么轮来轮去,从来也轮不到他们家。

其实仔细想想,若非他们不愿,怎会十几年足不出户?

第四章 真假情意

白老爷和白夫人齐齐愣住,显然未料到她问出的第一个问题竟会是这个。半晌,白老爷又是感慨又是叹息地摇头:"明珠终是难蒙尘。穆儿,你在皇宫里学了不少东西啊。"

这是……承认了?

白穆继续问道:"那阿爹、阿娘,我身上,是否有些异于常人的秘密?"

这是白穆初到商都,寻找阿不时隐约发现的。但凡她见过的人事,很容易发现他们的特点,且不容易忘掉,继而学起来有模有样。

那时候她在都城用"穆先生"的名字说书,便是凭着这个出名。后来她让阿碧教她识字,阿碧连连夸她聪明,学得快。再后来读书,短时间内看过的内容几乎记得一字不漏,阿碧一直惊奇地称她是天才,什么东西都"过目不忘"。

"倒算不上什么秘密。"白老爷笑了笑,"而是你出生便天赋异禀。我和你娘在你很小的时候便发现你无论学什么,都快得令人瞠目。原本这是件好事,但……"

白老爷叹口气:"诚如你刚刚所说,我和你娘避世而居,你若太过出挑,岂不引人侧目?是以有意不教你读书写字,也不让你独自出家门。穆儿,耽误了你,是爹娘的不是。"

"阿爹不要这样说。"白穆抓紧了白老爷的手臂。

白老爷眼圈一红,拍了拍白穆的手:"我的好女儿,还是这般乖巧。"

一句话说得白穆又要哭了。

离家一年半而已,却恍如隔世。曾经那个简单乖巧的自己,仿佛是上辈子遥远的存在。

"还有一个问题,阿爹,当初你们反对我和阿不在一起,是不是认出……"

"未有。"白老爷斩钉截铁地回答,叹了口气,"傻孩子,若在那时就认出他的身份,又怎会心软同意你们在一起?我一家三口又怎会陷入今日这样的境地?"

白穆惭愧地低下头,一旦碰上商少君的事情,她的脑子就开始不好使。

"话已至此,爹娘也有几件事要向你交代。"白老爷清了清嗓子,一脸正色地看了眼白夫人,"你来对女儿讲?"

白夫人一个怔愣,为难地看看白穆,又看看白老爷,白老爷又道:"此时若不抓住机会讲清楚,下次再见恐怕不知是何等光景了。"

白夫人讷讷地站了会儿,抹了把眼泪便在白穆身边坐下:"穆儿,其实你阿爹不姓白,我也不姓白……"

这话倒在白穆意料之中,毕竟他们避世而居,更名改姓合情合理。

"其实整个白家村的人,都并非姓白。"

白穆诧异地吸了口气。

"真正姓白的,只有你。"

白穆不解地皱眉。

"穆儿,其实……"

"夫人,天快亮了,该回去了。"

突然传来陵安的声音,门也被推开一道缝,白夫人哽咽的声音戛然而止。三个人不约而同地变了面色,提防地看向门外。

大概是里面太过安静,陵安又敲了敲门:"夫人,公子还在外面,不可再耽搁了。"

白穆扫了眼窗外。天空果然已露鱼肚白,商少君不能误了早朝。

白老爷和白夫人默契地保持沉默,开了门。

临走时白夫人依依不舍地把白穆抱了又抱,才目送她离开。

上马车之前,白穆回头看了一眼。晨曦微露的天空呈现出深沉的靛蓝,几点寂寥的闪烁星光渐渐淡去,静谧的小村里,几户早起的人家已经点亮晨灯,炊烟缭绕。不知哪户人家的孩子,一大早便打开了羊圈,笑嘻嘻地往一只老山羊身上爬。

一切安宁而美好。

她深吸一口气,转过头去,上了马车。

或许从她在凌河边捡到那个重伤的少年,从她在森林为他挡下恶狼袭击,从他们在连理树下私订终身,从她带着他踏上去往商都的路程,从某个她一无所觉却命中注定的那一刻起,她与这些安宁美好,便再无干系了。

（四）承诺

马车上暖意袭人，淡淡的龙涎香瞬间将清晨的露气取而代之。白穆上去就看到商少君歪在矮榻上，竟然还在看折子。

从某些方面来讲，商少君真是个好皇帝。

她上了马车，商少君也没抬眼，只是支起身子给她让出位置。

她犹豫一瞬，没有过去，而是在他对面坐下。

"不困？"商少君瞟了她一眼，再扫了眼自己旁边宽敞的空间，"回宫还得半个时辰。"示意她可以过来躺一躺。

白穆摇头，侧身推开身边的车窗，清新的晨露气息再次袭来，偶尔传来宫中少闻的烟火味儿。

一路再无言。直至将近宫门，路过渐渐热闹的早市时，白穆把头靠在窗棂上，透过窗子细小的缝隙看难得一见的街景，问："皇上可曾怀念过未曾入主皇宫时的日子？"

良久没有回复，白穆想着他大概是睡着了，正进宫门时却听他一声低笑："你似乎把东宫太子的日子想得太过简单。"

白穆一怔。从她入宫开始，见到的商少君是独断的，是专制的，甚至是暴戾的，她以为他生性如此，却忽略了他生在皇家，皇宫中的种种是她无法理解的，王公贵胄们皇宫外的生活，大概也不是她所能估量的。

碧朱一早就在朱雀宫的侧门等着，一见到扮成小太监的白穆就开心得快要蹦起来，拉着她上上下下不停盘问："皇上带你出宫去哪里玩儿了？昨夜十五，外头是不是热闹极了？你见到什么新鲜玩意儿没有？你们竟然一夜没回，你们去做什么了？你不知道，我以为你们夜间定会回来，一夜都没敢睡！咦，你怎么眼圈这么重，也像没睡的样子？"

直到发现白穆的表情没有那么轻松惬意，碧朱才停止了兴奋的话语，扯了扯她的袖子："阿穆，你是不是太累了？我已经让绿翠去熬粥了，吃过早饭你就可以休息了。"

吃过早饭，白穆也没有休息，她躺在榻上，辗转难眠。

碧朱见状，打发了其他宫人，把殿内的帘子床幔都拉上。光线昏暗许多，碧朱也不作声，坐在榻下陪着白穆。

白穆又翻了几个身,突然问她:"阿碧,你说在什么情况下,你会更名改姓避世而居?"

"啊?"碧朱有点儿摸不着头脑,还是答道,"欠人巨款没钱还?抢了他人的夫婿没脸见人?偷吃了店老板的东西被追杀?"

白穆失笑:"阿碧,我是认真的。"

碧朱撇撇嘴:"那就是……犯了要砍头的大罪,跑路保命?"

白穆皱眉。

"阿穆,你问这个做什么?你们昨天究竟去做什么了嘛?"

白穆叹了口气,又转过身去。

不是她不愿意对阿碧讲清楚,而是情况太复杂,她不知从何说起。在离开那个小村庄时,阿娘抱着她,匆忙地交代道:"穆儿,你记住,你姓白,与我夫妻二人毫无关系。今后无论发生什么事,一定记得阿娘这句话。"

原本久别重逢是件让人喜悦的事情,这么一句话却让她陡生不安。

爹娘为何突然要跟她划清界限?他们到底为何更名改姓隐居在那个小山村?难道真如阿碧所说,是犯了什么要杀头的大罪?那究竟是怎样的大罪,让他们在时隔十几年之后还在担心被人发现追责,甚至担心会连累到她?

白穆越想越睡不着,想要问问碧朱所了解的朝廷大案,转念想到爹娘若真犯案,也该是前朝的案子了,那时候碧朱都还未出生,她又怎会清楚。

放眼宫中,她最该问的其实是商少君。

一国之君,不说前朝,就是前前朝的旧事,他想查都能查到。

只是……

现如今的局势,商少君既安置了爹娘,想必不会轻易动他们。柳家和洛家却不同,一旦被他们抓到她少许把柄,恐怕不是被胁迫着沦为棋子,便是被揪着杀之而后快。贸然去查,倒可能打草惊蛇。

白穆深吸一口气。其实她知道真相又如何?不知道又如何?并不能改变什么。她现在唯一能做的,是以不变应万变。

傍晚时分,商少君照例躲过宫人来了朱雀宫。只是他没有用晚膳,而是倒头就睡,大约是昨夜整夜没睡,今日实在累极了。

白穆守在他身边,望着那张再熟悉不过的面庞,突然有些心软。

她并非生在皇家,她不懂他肩上到底有着怎样的重担;她不及他心思缜密,看不透他的宏图抱负；她有时甚至无法分辨他话的真假，譬如那句"想要取而代之，赢得你的心"。

但他到底是个人吧。

不是铁打的，不是金塑的，是饿了要吃饭、累了要休息，有血有肉的人。

白穆轻轻脱掉鞋子，上榻，轻声道："商少君，无论如何，替我护住我的爹娘，好不好？"

她知道，商少君向来浅眠，稍有动静便会醒过来。果然，不一会儿，他的手收在她腰间，下巴欺近她耳边，整个人的气息都靠过来，低声道："好。"

第五章 真假龙种

第五章 真假龙种

（一）有孕

转眼已至盛夏。

商洛的夏日不至于酷暑难耐，但这个夏日白穆尤其怕热，日头稍微烈一点儿，便食不下咽，有时饭菜太干，甚至会反胃呕出来。

碧朱见她的模样，只好每天换着花样熬粥煲汤。

这日一大早，她就去碧波湖摘了些荷叶、荷花回来，忙了大半日熬出一盅粥，只闻着荷花那令人心旷神怡的清香，便心满意足地端过去给白穆献宝了。

"如何？好吃吧？"碧朱兴冲冲地问道。

白穆扬着眉赞许地点头道："厨艺见长！"

碧朱得意极了，一个笑容还没拉开，白穆叹口气："终于不是只会吃了。"

"阿穆！"碧朱佯怒，张牙舞爪地去挠白穆的痒。

两个人闹腾一阵便出了一身汗，碧朱喘着粗气笑道："不行不行，不与你闹了！你快把那粥喝了，省得老吃不下东西。"

白穆面色红润，笑着擦了擦汗，坐回桌边。

"喏，最多三天！三天之后你的胃口要还是那个样子，又不传御医，我可不伺候你了！"碧朱斜眼睨着她，佯装抱怨道。

白穆自顾自地喝粥，没理会她，喝了几口后抬头道："荷花和荷叶可还有剩的？"

"有啊……"白穆说话间替碧朱也盛了一碗。碧朱一面应着一面坐过去，喝了一口突然拉长音调道，"哦……我知道你要干什么了。"

白穆瞪了她一眼，碧朱低着脑袋偷笑。

宫中人还是如从前那般，以为贤妃失宠。

而皇上也如从前那般，每日傍晚都会过来一两个时辰。

也不记得是什么时候开始，碧朱发现两个人之间终于不再是长时间的沉默，偶尔她进去，就算两个人没说话，也不再像从前那样冷冰冰的。

到后来白穆便叮嘱晚膳多准备些，吃早一点儿，两人便一块用膳了。

再到后来，白穆经常亲自下厨，还不让她说。

今日定是吃着这荷花粥好吃，便想着给傍晚那位也熬一盅了。

碧朱觉着，这样真好。

贤妃闭门不出，裴昭仪和淑妃来招惹过几次，见不到慢慢也没了兴致。

外人都以为朱雀宫已如冷宫，什么麻烦也招不来。

可皇上又是把阿穆放在心里的，阿穆嘴上不说，脸上的笑容越来越多，性子也渐渐回到初时那般开朗。

可惜这日傍晚，滚烫的荷叶粥放到了冰凉，也未见商少君的影子。

商少君未来，白穆并不奇怪，奇怪的是似乎碧朱也不见了。

"玥姑姑，阿碧呢？"掌灯时分，白穆仍旧未见到碧朱的影子，忍不住问道。

莲玥正端着晚膳，闻言欠身道："回娘娘，阿碧戌时三刻便与绿翠一并出去了，现下二人都未回来。"

"她二人出去做什么了？"

"奴婢不知。"

白穆眼神略沉，碧朱虽贪玩，但分得清轻重，现下这后宫是淑妃和裴昭仪的天下，朱雀宫的人都是能少出去便少出去，省得被人抓错找麻烦。

"玥姑姑，不如你出去看看她二人做什么去了？"

白穆的话刚刚落音，殿外就传来小小的骚乱声，白穆忙与莲玥出去，便见绿翠慌慌忙忙地冲过来，连行礼都忘了，"扑通"跪在她面前哭道："娘娘，娘娘快去救阿碧姑娘吧！"

天色略暗，白穆定睛看去，才见绿翠面上通红的两个巴掌印，急道："阿碧怎么了？发生何事了？"

"阿碧姑娘被带到芙蓉宫去了，娘娘若再不去，恐怕……恐怕……"绿翠还未说完便嘤嘤哭了起来。

白穆神色一沉，道："玥姑姑你扶着她，我们去趟芙蓉宫。"

莲玥蹙着眉头扫了一眼绿翠，扶她起来，紧随白穆身后。见绿翠止住哭泣了，便由她一个人在后，微微上前一步跟上白穆的步伐，低声道："有几件事请娘娘注意。"

白穆扫她一眼："嗯。"

"娘娘久未出门，恐怕不知淑妃与裴昭仪已经翻脸。"莲玥沉着地一一道来，"裴昭仪得宠，皇上久不去芙蓉宫，淑妃怕是心有不甘，二人争执渐多。

一个月前皇上去裴昭仪的探幽殿，淑妃不知使了什么法子支开裴昭仪，竟替裴昭仪受了宠。

皇上对她这种做法倒也不恼，反倒突然想起淑妃的好似的，重新踏足芙蓉宫。裴昭仪那性子，因此恨足淑妃，早有宫人传言，她在探幽殿公然大骂淑妃不知廉耻，跑到她的地盘勾引皇上。"

白穆微微点头。

裴雪清貌美是不错，可惜空有其表，换作其他任何一个稍稍通透的女子，都不敢独占圣宠，连自己的靠山都忘了，还要与之翻脸。

而洛秋容公然争宠，不知是不是真被裴雪清气坏了，否则她自恃清高，应该不屑做爬上别人床榻来争宠这样的事。

"右相虽有向保皇派靠拢的趋势，实则仍是自成一派。左相与他政见相悖，二人常常针锋相对。淑妃此次抓住阿碧的把柄，恐怕不会轻易放过。"

这一点白穆倒是想到了，边向前赶路边回头问道："绿翠可缓过劲来了？不妨与本宫说说到底发生了何事。"

绿翠连忙小跑两步上前，哽咽道："奴婢与阿碧姑娘去御膳房，本是想拿些新鲜食材明日用，回来的路上正巧碰上芙蓉宫的两个小宫女在嚼舌根，说……说淑妃娘娘如何使计勾……勾引皇上。奴婢与阿碧姑娘好奇，便躲在墙角偷听，哪知道被芙蓉宫的星竹抓个正着。奴婢与阿碧姑娘什么都没说，星竹偏说那两个小宫女的话是阿碧姑娘教唆的，掌了奴婢两个耳光就带着阿碧姑娘去芙蓉宫，说要淑妃娘娘亲自重罚。"

白穆蹙眉，洛秋容显然是有备而来，恐怕等碧朱这个机会许久了。

三个人到达芙蓉宫的时候，灯火大亮。芙蓉宫的宫人比起朱雀宫，多了四五倍都不止，错落有致地左右而立，通报过后依次向白穆行礼。

白穆一入里殿便见碧朱跪在门口台阶上，面颊已经红肿得看不出原本的容貌。她呼吸一紧，步子不由得快了，却被莲玥不着痕迹地拉住了手："娘娘，冷静。"

白穆平整呼吸，不再看碧朱，而是盯着正一步步走出来的洛秋容。

"难怪今日的烛光格外亮，原来是贤妃娘娘大驾光临，真是让芙蓉宫蓬荜生辉。"洛秋容由星竹扶着，笑容端庄，眼底的挑衅尽数藏在潋滟的眸光下，"正好朱雀宫的碧朱在此待审，贤妃也可帮帮我。"

"许久不见，淑妃倒是和从前一样，心地善良得很哪。"白穆扯出一抹笑道。

"贤妃说的是，本宫的确是太善良了，只是命人打了几个耳光而已。"洛秋容笑着扫了扫身边的小宫女，"贤妃娘娘的话听见没？继续掌嘴！"

那小宫女上前，拿着块木头板子就要往碧朱脸上扇去，白穆喝道："住手！"

"本宫宫里的人，何时轮到你这奴才来管制？"白穆瞪着那小宫女呵斥，随即对洛秋容笑道，"不知淑妃觉得我说的是与不是？"

淑妃漫不经心地笑了笑："本宫奉皇上之命，暂时执管后宫。碧朱公然挑唆宫女们议论皇上是非，莫说是朱雀宫的，就算是我芙蓉宫的人，也断不能包庇。"

碧朱瞪着洛秋容，眼泪就流了下来，动了动唇，却仍是未说话。

"阿碧，你实话与本宫说，可在外议论了皇上什么？"白穆问道。

"奴婢没有。"碧朱哽声回答。

"奴婢那些话的确是从阿碧姑娘那里学来的，娘娘明察，娘娘恕罪！"

白穆这才注意到台阶下面，暗处还跪着两名小宫女，应该就是绿翠说的那两名。

"阿碧，你怎么说？"白穆继续问道。

"奴婢根本不认识她们，也从未跟她们说过一句话，绿翠当时也在场的……"

"娘娘，那是阿碧姑娘早教给……"

"本宫问阿碧话，有你们插嘴的份？"白穆一瞪，那两名小宫女就瑟瑟发抖地闭了嘴。

"双方各执一词，淑妃可还有其他证据？"白穆微微笑道，"若是有人证物证什么的，恐怕也出自芙蓉宫吧？我不得不怀疑她们是不是串通设计好的……若是没有，也不能断定就是阿碧说谎吧？"

"此言有理。"洛秋容亦跟着和颜悦色道，"是以，本宫正打算将这三个人交到慎刑司好好审问一番。"

白穆心下一沉，慎刑司那地方恐怕比天牢还可怕，一番审问下来，阿碧哪里还得人形？她在乎的阿碧和洛秋容完全不放在心上的两个小宫女一同审问，这算盘倒打得好。

"不知今夜皇上可会到芙蓉宫来赏一赏芙蓉花？"

白穆突如其来的一句话，让洛秋容一时愣住。

"既然说的是皇上的闲话，此事便由皇上来定夺吧。"

白穆扫了一眼碧朱和下面的两名宫女，转而对洛秋容笑道，"我早让绿翠去请皇上，我们便一并进去等候圣驾，淑妃看来如何？"

洛秋容不动声色："自然是极好。"

其实白穆也不确定绿翠是否能找到商少君，即便找到了，商少君又是否会来。入芙蓉宫前她留了个心眼，如今太后不在，这后宫是洛秋容一个人说了算，洛秋容有心为难，恐怕也只有抬出商少君才能压住她了。

第五章 真假龙种

不过一刻钟的时间,圣驾的唱到声便到了,白穆心头的不安散去,与洛秋容一道行礼。

"姐姐这宫里,今日还真热闹啊!"

白穆还记得初见裴雪清时,觉得她的声音悦耳动听,入宫之后却越听越觉得刺耳,她一眼扫过洛秋容,果然见她也不悦地皱了皱眉头。

"难怪皇上不辞辛苦从探幽殿赶到芙蓉宫来。"

裴雪清这句话是对着商少君说的,其中女子娇气与情人间的酸气融合得恰到好处,商少君很吃这套的模样,大笑着将她揽入怀中:"清儿吃醋了?"

"清儿可不敢。"裴雪清说着便靠在了商少君胸口,嘴角带笑地看向站在不远处的两位妃子。

商少君随即沉声道:"究竟发生何事?"

洛秋容召来那两名小宫女,又将事情讲了一遍,只是"勾引皇上"换成了"取悦皇上"。商少君听完,温声道:"朕以为是什么大事,就为这个?"

白穆本就没打算让碧朱来对质,只在一旁静静地坐着喝茶。

"偏偏淑妃这'取悦',朕甚喜。"商少君忽而看住洛秋容,笑容里泛出柔意来,直看得她低头垂下双目。

"罢了,都散了吧,今日朕便在芙蓉宫歇着了。"

洛秋容飞快地看了一眼商少君,又立刻垂目,白穆始终不咸不淡地喝茶,只有裴雪清的脸色变得煞白。

"臣妾先行告退。"白穆的目的已经达到,恭顺地行礼,退下。从商少君进来,她便未与他对上一眼。

"臣妾告退。"裴雪清只觉今日这一出又是洛秋容安排来与她争宠的,心下不服,可又不能当着商少君的面说什么做什么,悻悻地行礼,便也跟着气冲冲地退下。

白穆还未走出殿门,裴雪清便不合规矩地超过了她,她也不欲计较什么,哪知道裴雪清前脚刚刚迈出门,后脚便到了碧朱面前,低斥了一句"罪魁祸首"便一脚踹下去。

"啊!"猝不及防的一脚,令碧朱一声尖叫便整个人往台阶下滚去。

"阿碧!"白穆几乎想都不想就扑了过去。

"娘娘!"却是莲玥一声大唤,拉住了她。

白穆眼睁睁地看着碧朱从十来级高的台阶上滚下去,心似乎也跟着她滚落的身体急速下滑,眼前一阵阵地发黑。

"阿碧阿碧……"白穆的声音在颤抖，身子也在颤抖，想要下去却被莲玥死死拽住。

"娘娘请冷静。"莲玥在她耳边不停地劝道。

冷静？她要如何冷静？

阿碧是她在这宫中唯一的依靠，唯一的色彩，阿碧若有事，她该怎么办？

"放开本宫！"白穆大喝，这一喝似乎用力过猛，直喝得眼前一阵晕眩。

"娘娘您怎么了？"莲玥见白穆身形不稳，更加用力地扶住。

白穆一心只念着碧朱，已顾不上自己了，定睛看下去，见碧朱已经滚落在石级之下，躺在地上纹丝不动，那一瞬仿佛有一阵凉风从头倾灌到脚，全身都是冰冷的，额头却滚烫得令她几乎睁不开眼，她稍稍挪步，眼前便猝然一黑，再不知人事。

白穆再次醒来时，发现自己竟还在芙蓉宫，且躺在洛秋容的榻上。

满满一屋子的人，洛秋容在，裴雪清在，商少君也在，似乎都在等着她醒来。她只见碧朱蹲坐在自己身边，额头虽裹着纱布，看起来却并无大碍，心下才松了口气。

"娘娘醒了……"碧朱见她睁眼，破涕为笑。

"醒了才好，都等着她呢。"

裴雪清的声音，在白穆听来依旧刺耳。

她想着自己未用晚膳，刚刚又被阿碧那样一吓，会直接晕过去也有些情理之中。只是裴雪清的意思，他们都等着她？等她做什么？

白穆试图坐起来，可是身上仍旧软绵，不太使得上力气，还未完全坐起，便又跌回了榻上。

"娘娘刚刚受惊过度，所以才会晕倒，还需休养片刻。"

白穆这才发现自己榻边还跪着名御医，只得躺着道："如湄身子娇气，让各位担忧了，待身子好些了再向皇上及诸位姐妹道谢赔罪。"

白穆这话刚刚落音，便响起了几声嗤笑。

"刚刚贤妃尚在昏睡中，想必听不见御医讲的话。"洛秋容缓步走近，故意扬高了声音问道："曾御医，你再说给贤妃听听，她怎么了。"

曾御医中长胡须，抬头看了看洛秋容，看了看白穆，再看了看静坐一边的商少君，才磕头道："回淑妃娘娘的话，贤妃娘娘……贤妃娘娘已有一月余的身孕。"

白穆的身子微微一颤，整个人都愣住了。

"确定了？"洛秋容问道。

曾御医继续磕头道："微臣才疏学浅，一个人不敢妄下定论，但……贤妃娘娘的确是喜脉，从脉象来看，绝不可能超过两个月。"

　　白穆耳边突然响起令她头疼的"嗡嗡"声，但曾御医的话仍旧一字不漏地入了耳。几乎是下意识地，她紧紧地拽着碧朱的手，双眼一眨不眨地盯着商少君，明明暗暗的辉光中，却只见到他眼底那一片墨色，如同了无星辰的夜，不见光泽，沉不见底。

　　洛秋容再上前一步，居高临下地盯着白穆冷笑道："还请贤妃娘娘解释一下，皇上四个月不曾踏足朱雀宫，贤妃娘娘是如何怀的龙子？"

（二）迷局

荒谬。

荒谬至极！

尽管身上无力，洛秋容又这样盛气逼人地一问，白穆一口气上来，几乎又是眼前发黑，但她仍旧拽着碧朱的手，借她的力气撑起身子，并不回答洛秋容的问题，只是盯着跪在地上的曾御医冷笑道："大人，你刚刚……说什么？"

曾御医脸色煞白地磕了个头，哆哆嗦嗦道："娘娘……娘娘已有一月余的身孕。"

白穆低声冷道："你确定？"

曾御医不敢抬头。

他行医数十年，头一次把到让人胆战心惊的喜脉。常年在后宫行走，皇上对贤妃的宠爱他自然清楚得很，柳轼不在之后，贤妃失宠的说法频频传入耳中，但她到底还是妃，皇上从前也曾冷落过她半年，到底还是宠回去了不是？况且今日这情形，一看就知皇上是来替贤妃身边的婢女解忧的。

宠妃有孕，这本是桩大喜事，可偏偏皇上并未露出喜色，而淑妃又称皇上四个月不曾踏足朱雀宫……

曾御医一时紧张得冷汗都从额头渗了出来。商少君的态度让他不知道自己到底应该如何说话才是顺了他的心意，万一一个不对，头一个倒霉的就是他了……

"曾爱卿，你这是怎么了？"

商少君突然开口，吓得曾御医又是浑身一抖，只伏在地上道："回娘娘，回皇上，微臣……微臣看贤妃娘娘向来体虚，自从沥山之行回来，脉象便与常人不太一样……今夜又……又受了惊，微臣也……也不确定这诊断是否正确……"

"皇上，清儿看，曾御医怕是被吓糊涂了吧，一会儿说确定，一会儿说不确定的。"裴雪清往商少君身边蹭了蹭，"恐怕要多宣几名御医来一同诊脉才行。"

"今夜御医院只有微臣与几名医童当值，微臣才疏学浅……微臣无用！微臣该死！"曾御医一面斟酌着用词，一面瑟瑟道，"但现在出宫，即便是最近的几名御医赶来，都会耽误皇上的早朝……不若……不若明日再诊……"

曾御医的声音越来越小，不敢再说下去。

"皇上！奴婢以性命担保，娘娘绝无出格之举！"碧朱突然跪地道，"后宫戒备森严，除了皇上，从无其他男子出入……必然是曾御医太累，娘娘熬了一下午的粥，连晚膳都未用，刚刚又受了惊吓，脉象紊乱也不足为奇……"

其实碧朱也不知白穆到底用了晚膳没有，她这样说只是想提醒商少君，一是这几个月进出朱雀宫的男子从来只有他一个，二是他们几乎日日相处一两个时辰，白穆日日花尽心思为他做晚膳，怎会有二心？

但商少君并未答话。

他坐在床榻对面的矮榻上，裴雪清偎在他身边，略带困倦的脸上带着一抹若有似无的笑。他则揽住她，一手把玩着她散在肩上的发丝，昏黄的烛光下，英俊的面上既无喜，亦无怒，只和身边人一起，像足了相亲相爱的两个人在看一出与己无关的戏。

这样的夜晚，时间总是缓慢到可以看见它爬过皮肤的纹路。

"既然你以性命担保，便先押下去吧。明日若……"商少君垂下眼帘，微微一笑，漫不经心道，"第一个要了你的性命。"

碧朱整个人都惊住。

皇上这是什么意思？不相信阿穆？他明明昨日还与她一道用膳，笑着说明日再来啊！

"今夜便到这里，散了吧。"商少君起身，带着裴雪清离开。

几名宫人上前押住碧朱，紧随其后。碧朱并不反抗，只是回头看着白穆，她也在看着她，漆黑的眸子平静无澜，碧朱却一瞬红了眼圈。

第一次，她在白穆眼中读不到任何情愫。

这一夜注定无眠。

芙蓉宫恢复安静后，洛秋容看了一眼白穆躺过的床榻，对身旁的宫女道："去把那被褥枕头都扔了。"

宫女连忙上前，收拾好东西便连忙退下。

星竹想要上前替她更衣，见她满面的冷色，硬生生站在了原地。

"你去让他们今夜盯牢点儿，看朱雀宫会有什么动静。"洛秋容一面不耐地自行抽下发上的簪子扔在梳妆桌上，一面冷笑道，"这次可不是本宫在算计她，虽然很想看她如何自救，但这样的机会万万给不得。"

"娘娘的意思，是皇上……"

星竹的话被洛秋容一个眼神堵住。

第五章 真假龙种

"但娘娘……"星竹仍旧忍不住，压低声音道，"皇上若要对付柳家，当初就不该留下柳行云……如今右相势力已巩固，贤妃毕竟不是他的亲妹妹，对他并无多大影响。皇上此举，娘娘不觉得奇怪？"

"有何奇怪？"洛秋容嘲讽道，"前段时日父亲在朝廷屡屡受挫，估摸着大家伙都以为皇上收拾完了柳家，轮到洛家了。但他何时会照常理出牌？你若能猜到他心中所想，会只是本宫身边一个丫头？"

洛秋容眼神一转，便冷冷地落在星竹身上。

星竹浑身一颤，连忙跪下："奴婢不该自作聪明，奴婢该死！"

洛秋容不悦地皱眉，盯着桌上的发簪似在努力平复呼吸，半响，不耐地喝道："本宫刚刚让你做什么？"

"是，奴婢马上去。"星竹连忙起身退下。

洛秋容好奇白穆会如何自救，白穆亦想替自己找到答案。

盛夏的夜晚，风清凉，却依旧吹不散白穆心底的阴霾。

"娘娘若有心事，不妨说与奴婢听听，或许奴婢能助娘娘一臂之力。"刚刚回到寝殿，莲玥便放开搀扶她的手，淡淡开口。

殿里备好的晚膳还未来得及撤下，白穆微微皱眉，给自己倒了杯酒，一口灌下，并不回答。

"娘娘如此，对身体并无好处。"

"你想说的是对我腹中胎儿并无好处吧？"白穆猝然接话，声音冷锐。

莲玥垂眸，并不答。

"你也觉得今日曾御医临时改了说法，是慑于圣怒，恐担责任？"白穆笑道。

莲玥不语，默默地将酒壶拿开。白穆突然砸了手上的杯子，低笑出声，一面笑着一面拿起桌上的菜，一盘一盘地往下砸。

有孕一月余？

四个月不曾踏足朱雀宫？

如何怀上的龙种？

白穆越砸越用力，菜汁溅了一身，破碎的瓷器砸了一地，她红着眼瞪住莲玥："滚，都给我滚！"

莲玥俯身行礼，退下，行至门口时突然顿住，并未转身，依旧用她惯常的清淡声音道："这样很好。"

白穆愣了一愣。

"娘娘,您无须强迫自己任何时候都装出一副冷静的模样来。"莲玥背对着白穆,"您无须压抑自己的喜怒哀乐,您不过十七岁而已。"

"您可以在合适的时候,做任何自己想做的事情,发泄自己的情绪。如此,才能在该冷静的时候冷静,冷静地替自己走出更好的路。"

莲玥转身,身后的烛光使得她面色微暗,她低着眉,垂着眼,仍旧是从前的从容淡定,俯身,"奴婢已经是朱雀宫的人,娘娘若有需要的地方,尽管吩咐。奴婢告退。"

白穆坐在桌边,望着空荡的房间,看着凌乱的地面,压抑了整晚的伤心难过终于一波波袭来。

她无视地上的瓷片,行至衣柜边,打开底层的木箱,从木箱底端拿出一件衣服。

那是一件嫁衣。

曾经她手笨,不会针线活,所以想到商都买一件最好看的嫁衣。

她去试嫁衣,满心欢喜地出来,却不见了那个让她欢喜的人。

她以为是她不够诚心,连嫁衣都不愿亲自做,才会受到惩罚,弄丢了他,所以她四下找他的同时学着做嫁衣。

每个夜晚她都在烛光下心怀憧憬地绣着嫁衣,似乎那一针一线缝的不是嫁衣,而是他们的未来。

她无数次地在脑中勾勒,有朝一日他回来了,她是该高兴地抱着他说"我等你好久了",还是生气地不理他,说"你怎么能丢下我一个人不管",或者伤心地说"我都快把这都城翻过来了还是找不到你",再或者娇嗔地说"我找你找得腿都走疼了、腰都站酸了,就快变成望夫石了"。

无论她是什么反应,最后她当然还是会原谅他,欢欢喜喜地嫁给他,替他生几个孩子,不高兴了,拌拌嘴吵吵架;高兴了,手牵手去钓钓鱼、打打猎。年老的时候,抱着孙子、孙女坐在膝盖上讲故事。

抱着那么多对未来的希望与憧憬,最后就做成了这样一件嫁衣。

但后来她入宫,嫁给商少君的时候,并不需要穿嫁衣。

她在她以为的洞房花烛夜,别人嘴里的"侍寝"初夜,带着这件嫁衣想要穿给他看。

她幸福得红了脸说:"阿不,我还没把我亲手做的嫁衣穿给你看呢。"

他的眼神立马像淬了冰般,一瞬冷却下来,几乎是毫不犹豫地起身,去了外殿。

这样的事情隔几日就会发生一次,白穆渐渐发现,只要她喊他"阿不",他会马

第五章 真假龙种

上停止一切动作，抽身离开。

后来他们开始争吵，吵得越来越凶，他在气得怒不可遏的时候也会怒火冲天地离开，她也会冷笑着嘲讽："我可不是柳湄！"于是一切戛然而止。

再后来，他们半年不见，再见之后，彼此相敬如宾。

是以，入宫一年多，他们不过空有夫妻之名罢了。

有孕？

龙种？

白穆又想笑。

她倒想问一问御医，如何有孕？

白穆将那嫁衣上下端详了一遍，重新叠起来放入箱底，心中莫名平静下来。

曾御医会说她有孕，想来有两种可能：一是被人收买，有意欺瞒；二是她当真脉象有异，她自己却不知情。

无论是哪一种，今日商少君那副看戏的表情，促成这件事的人，即便不是他，也与他脱不了干系。

如今她在宫中已是闲人一枚，对付她并不能真正打击到柳家。单纯为了打击她而布这么大一个局也似乎有些可笑，毕竟要杀她轻而易举……

而要杀她，之前的四个月，何须日日过来讨好她？

白穆想了许久，还是未能猜出商少君的用意来。猜不到他的用意来对症下药，便只好再琢磨别的办法了，毕竟现在矛头对准的是她，她可不想一不小心成了他们争斗时轻易抛弃的炮灰。

从她入宫开始，她唯一的靠山是柳家，不到明早，今夜在芙蓉宫发生的事情必然会传到柳行云耳朵里。

但如今她并不能帮到柳行云什么，柳轼之后，明眼人都明白柳家大势将去，柳行云也不再需要这个名义上的妹妹来彰显皇上对柳家的恩宠。

这样的话，柳行云怎可能愿意出力帮她？

白穆倚在窗边，默默将她所知晓的柳家相关的消息在脑中理了一遍。

关于柳轼，关于柳湄，关于柳行云，想来想去，仍旧没找到足以让柳行云帮她的理由。

直至东方露白，墨染的天空渐渐变作深沉的靛蓝，白穆倚在窗边的手微微一动，她毫不犹豫地起身走到书桌边，提笔写字，顺便喊了声"玥姑姑"。

莲玥果然一直守在门口，马上便推门进来。

"把这个交给柳行云,让他今日早朝后去摘星阁找我。"白穆神色从容地将写好的纸张叠起来,放入一纸信封。

莲玥没有多问,接过信封便迅速离开。

白穆瘫坐在书桌前,静静地看着窗外靛蓝天空上的星光点点。

她也不知她的做法是否有用。

那张纸上只有两个字而已,一个人的名字——慕白。

（三）垫背

白穆也想不到，在她想方设法找人帮她而绞尽脑汁的时候，莫名浮现在脑中的居然是那个人。

那个她并不熟悉，莫名其妙出现又莫名其妙消失的人。

沥山之行已经过去近半年，她最后一次见他是在马场，积雪还未清扫，他在马厩边神情柔和地拍着马背，亲切得仿佛那不是一匹马，而是他的挚友。直至今日，白穆想起那个夜晚还是浑身一个寒战，冷。但慕白在她心中的形象，却始终停留在还他玉牌的时候，他笑着称那是给未来妻子的定情信物。

就是那一抹笑容，提到未来妻子时眼底闪过的一抹柔光，并不明显的温暖，却因着那个夜晚的寒冷驻留在了心底，以至于半年后的现在，她竟还能记起他。

她只知道他来自白子洲，商少君，连带着裴瑜、柳行云对他尤为客气，而其中柳行云直接称他"慕小白"，应该与他最为熟稔。他第一次见她便毫不掩饰对她的兴趣，商少君甚至为此特地让他教她骑马。

虽然她不知内里原因，可她相信柳行云也如她一样，对慕白充满了好奇心，也对慕白为何对她感兴趣充满了好奇心。

因此她给柳行云那个名字，约他见面，柳行云或许会因着那个人来见她。

这是她能想到的唯一办法了。

清晨，白穆草草用过早膳，便找了身碧朱的衣物，拿了块宫女的腰牌，再叮嘱莲玥几句话后，小心翼翼地去了摘星阁。

白穆第一次去摘星阁的时候，只顾着紧张了，如今再去，不禁心下腹诽，难怪太后与柳轼会在这里幽会，当真是不曾见过宫中哪个角落会比这里更加僻静，且一路上宫人尤其少。

她入门便径直上楼。这阁楼空旷，虽是先皇特地为贵妃所建，却并不曾真正有过特别的用处，也不曾住人，只是阁楼干净得很，定是有人时常来打扫。

楼很高，白穆一直向上，好几次气喘吁吁，累得不得不停下来。待她终于上了最后一层，才发现顶楼特别窄，只有一处观景台相对较为宽阔，而身在那观景台上，仿佛在高山顶端，山下景物尽收眼底。

因为地处宫墙附近，除了皇宫的景致，宫外长宁街上的人来人往都能看个七七八八。只是此时的白穆并无心欣赏，她靠在栏上休息片刻后，开始一心等着柳行云。

若柳行云不来怎么办？若柳行云来了，被他瞧出端倪怎么办？若一切顺利，莲玥那边出了差错怎么办？

白穆一夜未眠，此时有些恍恍惚惚，柳行云站在她身前许久，她才反应过来。

他官服整齐，笑容明朗，仿佛柳家不曾发生变故，柳轼仍旧是当朝丞相，而他还是当初的少将军，一见白穆回过神来就拱手俯身，道："微臣见过娘娘。"

白穆与他有一丈多的距离，垂目睨着他，嘴角带了一丝冷意，道："无须多礼，丞相大人。"

尽管白穆厌恶柳轼，与他儿子无关，但对于柳行云，她还是和颜悦色不起来。或许她到底无法适应这皇宫，无法理解他为何可以为了权势出卖父亲，且之后仍旧满面春风，仿佛自己背叛的，不是生他养他的至亲，而是怀恨已久的仇人。

白穆特地咬重了"丞相大人"那四个字，柳行云却并未察觉到她的用意一般，面不改色地起身问道："娘娘想要见微臣，不知有何要事相商？"

白穆收敛住情绪，微微一笑，道："现下并无旁人，哥哥何须如此客气？妹妹不过许久不曾见到哥哥，有些想念罢了。"

"微臣不敢当。"柳行云再次拱手俯身，一副拒人于千里之外的疏远模样。

白穆扬眉道："看来哥哥是忘记当初在沥山与妹妹说过的话了。"

当初白穆重伤，柳行云在她房内曾经放下豪言："你既是从我柳家出去，无论从前你是否姓柳，今后不管发生什么，柳家不会弃你不顾。"

柳行云一脸迷惑地抬头，似乎思忖了片刻，仍旧是迷惑，摇头道："娘娘请明示，时隔半年，微臣无用，恐怕是记不得了。"

柳行云这样的反应早在白穆意料之中。大难临头各自飞。她不再是他的义妹，她也不再是他柳家人，他不会帮她。

白穆也不恼，莞尔一笑，道："其实今日让右相前来，如右相所料，是有些慕公子的事要与右相商量。"

"微臣与慕白交情尚好，愿替娘娘解忧。"

白穆不由得在心中冷笑了一声，若真是"交情尚好"，也不用这个时候跑来，想从她这里知道点儿别人或许不知道的消息吧。

"右相也知道上次慕公子教我骑马，与我相处了几日，我无意中捡到了他的玉牌，

第五章
真假龙种

可惜后来突发意外，他又离开得安静，我便没寻到机会还给他。"白穆从腰间取出事先准备好的玉牌，叹息道，"昨夜宫内发生何事，想必右相有所听闻。我唯恐自身难保，这玉牌也无法还到慕公子手中，是以今日让右相入宫，烦请右相见到他的话，便交给他吧。"

柳行云不掩怀疑地抬眉看住她。

白穆自嘲一笑："我的来历背景右相再清楚不过，还怕我会骗你，害了你吗？"

说得难听点儿，白穆当年也就是个大字不识、小理不通的单纯村姑，哪里斗得过他们这些以争斗为生的七窍玲珑心？

柳行云俯身道："微臣不敢。只是不曾听闻慕公子提及此事，因此一时有些迷惑。"

白穆心思飞转，想到商少君当初隐晦地问过慕白为何到商洛，打算在商洛待多久，想必柳行云也是不知道的，或许也一直想知道。

"右相可知慕公子前来商洛，便是为了寻他的未婚妻子？"白穆只在慕白口中听到过那么几句闲话，又刚好与玉牌有关系，便胡诌起来，但看柳行云的表情，似乎果然不知慕白到商洛的目的。

"这玉牌便是他与未婚妻子的定情信物。"当初那块的确是定情信物，白穆这句话说得比较有底气，"如此重要的物什，我实在不想因为我弄丢了，你若连这点儿忙都不肯帮他，那也罢了。"

白穆说着便要收起玉牌，柳行云突然道："慕白既是微臣的挚友，这玉牌，微臣当然得转交给他。"

白穆心下松口气，重新拿出玉牌，递出去："拿着吧。"

那玉牌她稍稍做了处理，与慕白那块形状相似，但她不会刻字，不能做得一模一样，要看来比较像定情用的玉牌，便特地选了块鸳鸯佩。

柳行云眼底噙着明明暗暗的眸光，看了看白穆，再看了看玉牌，才起步向前。

从他上了这名叫"阁"实则更似塔的顶层，他就一直与白穆保持一丈远的距离，妃子与臣子该有的距离，该有的礼数，他都遵守，只为不想惹来不必要的麻烦。

然而，就在他走近白穆，伸手接过玉牌的刹那，白穆突然抓住他的手腕，整个人都扑过来，将他用力抱住。

"兔死狗烹。"白穆在他耳边冷笑，"本宫就算被你吃了，也要反咬你一口！"

猝不及防的一个拥抱，柳行云都未曾反应过来，白穆一句话落地，接着一声冷喝几乎同时响起："奸夫淫妇！竟然背着皇上在此私会！先抓起来，速去禀报皇上！"

听到裴雪清带着幸灾乐祸的喝声，白穆一颗心也算是放下了，"惊慌失措"地放开柳行云，垂眸低笑道："右相此刻从这里跳下或许还来得及，若不怕摔得粉身碎骨的话。"

柳行云只咬牙道："妹妹真是……好本事！"

白穆垂首，但笑不语。

她这颗孑然一身用完可弃的棋子，若不将他一并拉下水，何以自救？

（四）红杏

贤妃前夜被御医诊出有孕，但众人皆知，皇帝已有四个月余不曾踏足朱雀宫，而第二日一早，她便与右相柳行云于摘星阁私会，被裴昭仪逮了个正着。如此一来，局势似乎十分明了，不出一个时辰，前朝后宫已经传遍：右相柳行云竟与其义妹贤妃柳如湄有染！

向来用作议政的勤政殿，这日同时跪了名大臣与妃子。

商少君独坐在案桌前，斜倚在软椅上，似笑非笑地睨着二人，沉不见底的眸子瞧不出真实的情绪，只是本来还有政事相商而聚在勤政殿的大臣们一个个深埋着脑袋，不轻易动作，更不轻易开口。

柳行云面色沉重地跪在地上，磕头诚挚道："微臣罪该万死！微臣只是担忧妹妹安危，因此……"

"原来担忧妹妹安危便可不顾男女之防，抱得可比恋人还紧哪。"柳行云话未说完，立在商少君身边的裴雪清便讥笑道。

柳行云身子一僵，再磕一个头道："微臣与娘娘绝对无私，皇上明察！"

商少君凤眸微眯，打量了柳行云一眼，再看向白穆，闲闲道："湄儿如何说？"

白穆早就料到会有这么一遭，也算计好了说辞，只缓声委屈道："臣妾昨日在芙蓉宫受了那样大的委屈，心下着急，一时失了分寸才会让莲玥出宫通知右相大人。臣妾只是不想被冤枉，让义兄替臣妾出出主意而已。"

裴雪清依偎在商少君身边，柔声道："皇上，姐姐的话倒让清儿想起，昨夜的事情还未有了断呢。姐姐说她受了委屈，何不现下传御医来一瞧究竟？"

商少君一手撑着脑袋，也不知是否听进裴雪清的话，半响，才唤陵安道："宣御医。御医院的御医全都传来。"

这件事早在裴雪清带着宫人抓到柳行云和白穆的时候便飞速在宫内传开，御医们接到旨意，一个个诚惶诚恐地赶来，你推我让地将第一个拿脉的机会交给了最为年长的张御医。

白穆被赐了座，张御医垂首弯腰地过去，丝毫不敢怠慢。

大殿内鸦雀无声，十几双眼睛都盯着闭眼拿脉的御医。白穆虽确定自己不可能有孕，

却仍旧不敢笃定脉象的结果，心跳也随着大殿内越来越安静的气氛而越来越快。

"回禀皇上。"张御医在宫中行医近四十年，也算经过无数大风大浪，面色沉着地跪地俯身道，"娘娘确为喜脉，有孕一月半左右。"

白穆的心当即冷了半截，好在已有心理准备，深吸几口气稳住心神，再次跪地道："臣妾自仪和宫大火重病后一直在朱雀宫休养，几乎从不曾步出，无暇更无心与其他男子接触，朱雀宫人都可替臣妾做证！皇上想必也是知情的！"

商少君垂眼瞧着她，修长的五指在椅凳上敲出有节奏的闷响，良久，才启声道："各位御医既然都来了，便一个个地瞧瞧吧。"

御医们面面相觑，却不得不领旨，依次替白穆拿脉。

结果与先前一样，各个都说贤妃有孕一月余。

"皇上，微臣的秉性皇上再了解不过，娘娘毕竟是微臣的妹妹……微臣怎么会……皇上明察！"柳行云再次磕头，言辞恳切。

这样一轮下来，白穆已经全然冷静，无论设计她的人有什么打算，她现在能做的，唯有一件事而已……

"皇上，臣妾也不知为何是这样的结果……"白穆戚戚然道，"但哥哥说得对，哥哥从小与皇上伴读，英勇护国，一心为主，无论臣妾如何，都与哥哥没有任何关系，皇上万不可怀疑哥哥的忠心。"

白穆这话一说，安静的勤政殿，气氛立刻诡异起来。

贤妃袒护之心如此明显，哪里像只是普通的义兄妹？

柳行云眉头一皱，却也不再辩解什么，只道："皇上，此事蹊跷！请皇上明察！"

"臣妾冤枉，请皇上明察！"白穆跟着道。

妃子有孕本是家事，但那肚中的种，却似乎并非皇上的，还可能是朝中重臣的，事情便上升成了国事，且是有关皇家颜面，皇室血统，朝廷秩序的国事。勤政殿的大臣们纷纷表态，跪地齐声道："事关重大，请皇上明察！"

商少君略显疲倦地揉了揉眉心，摆手低声道："右相押去慎刑司，贤妃禁闭御梅园，择日再审。"

这一择日，便又是三日。

白穆身为后妃，尚未定罪，自然不可能送去慎刑司那种地方。禁闭御梅园，便是不让她随意出入，伺候的人也只有在需要的时候才出现。而柳行云被押入慎刑司，在朝廷上掀起了不小的波澜。

第五章 真假龙种

起初是偏向柳家的大臣们纷纷含蓄谏言，称此事恐怕并不简单，恐是有人设计嫁祸，上折子请皇上务必明察。第二日便有另一批大臣称贤妃腹中胎儿来历不明物证在前，贤妃与右相私会人证在后，如今的种种抵死不认不过是狡辩而已。到第三日，商都上下已经传遍，贤妃柳如湄，不仅入宫前有名身份不明的未婚夫，入宫后更不顾伦理与义兄有染，甚至怀了野种混淆皇室血统。

莲玥每日都会过去，与白穆说一些近况。

贤妃已然激起民愤，事情似乎到了无法轻易控制的地步。

但白穆反倒不着急了。

这件事，从最初的惊愕，到后来的愤怒，紧接着是忧虑，到现在，只剩下从容。

她是否身怀有孕，商少君最清楚，这几个月她最常见到的男子是谁他也最清楚，倘若他这么大费周章只为了嫁祸她一介女子，她拉了个柳行云做垫背的，还不会死得那么快。倘若他意不在她，而是为了抛砖引"玉"……

她现在只需等着看那块"玉"是什么人、什么事了。

这日莲玥再来的时候，白穆问道："我的话可转告给柳行云的人了？他们有何动作？"

莲玥点头，低声道："奴婢走得匆忙，并不知他们事后如何商量。"

"那洛秋容宫里可有何动静？"白穆又问。

莲玥摇头道："一切如常。左相最近正忙着趁机对付柳行云，似乎并未与淑妃有何联系。"

白穆凝目沉思。

"娘娘若无其他吩咐，奴婢先行告退。"莲玥行礼打算退下。

白穆突然道："辛苦你了，多谢。"

这几日若非莲玥前后打点，她可能被困在御梅园一无所知。

莲玥垂着眼，仍旧是淡淡的语气："奴婢也只是为了活命而已。"

说罢，再行一礼便退下。

第五日，白穆终于再次被召见，同样是勤政殿，有柳行云，还有比起那日多了不止一倍的官员，为首的便是右相洛翎。

白穆虽不曾见过他，但只看一身官服与容颜气度，必然是他无疑。

殿上一方袒护柳行云，一方紧咬不放，两方针锋相对，各执一词，只让白穆都听得头昏脑涨，寻到一个双方正好停下的空当，忙道："皇上，臣妾有话想说。"

众人的眼光齐齐投向白穆。

"这几日臣妾细细回想那日事发的始末……"白穆垂下眼睑,似在斟酌,片刻后抬眼看向一旁的御医,问道,"敢问各位,是否可能有一种药,可使人脉象紊乱,状似喜脉?"

白穆这一问,使得御医们皆是一怔,面面相觑后都望向张御医。

张御医眉头微蹙,片刻后,上前一步道:"微臣行医数十年,虽不曾见过娘娘说的这种药,但……使人脉象紊乱从而断错月份的药,却是有幸亲历,当年华贵妃……"

张御医说到这里,点到而止地顿住,转而对商少君俯身行礼道:"微臣一直主张皇上耐心查访,不可轻下断论,以免……重蹈覆辙!"

商少君始终沉默,平静的眸子看不出喜怒,只给人无形的压迫感。

白穆也不等他,继续道:"既然张御医这样说,说的那种药或许存在,也未可知。"她抬头,看住商少君道:"臣妾那日在芙蓉宫莫名晕倒之前,喝了芙蓉宫的几杯茶。臣妾向天发誓,绝无不轨之举,否则天打雷劈死无全尸!臣妾亦敢坦言,怀疑淑妃在那杯茶水中动了手脚陷害臣妾,请皇上召淑妃上殿对质!"

商少君蹙了蹙眉头,看向洛翎。

洛翎年过四十,一身浓郁的书卷气,拱手俯身道:"微臣相信淑妃娘娘绝不屑做如此卑劣之事,还请皇上召娘娘上殿洗清质疑!"

商少君唤了声"陵安",陵安马上会意,退下传旨去了。

洛秋容一上来就被赐了座,对白穆的指罪自然是矢口否认。

"姐姐真是好笑,且不说那样的奇药是否存在,即便有,妹妹深居宫中,如何寻来?更何况,那日的茶水我与你人手一杯,怎的偏生只有你晕倒了?"

"那臣妾怀疑淑妃买通了御医院的御医有意污蔑臣妾。"白穆并不退让。

张御医一听,脸便沉了下来,即便是白穆跪着,仍旧对她行了个礼,道:"微臣行医数十年,手下病患无数,的确碰到过不少束手无策之症。但,娘娘可以怀疑微臣的医术,却不可怀疑微臣的医德!"

白穆挪开眼,正在思忖莫非要将她未经人事说出来?一旁的一名大臣出列道:"皇上,正好微臣也与娘娘有同样的质疑,是以,特地请了几位民间有名的大夫,正在宫外等候皇上传召。"

白穆瞥了一眼柳行云。

昨日她让莲玥告诉他们的,便是无论他们信与不信,她绝无身孕。

第五章 真假龙种

原来他们也怀疑御医院出了问题。

"皇上尽管传他们入宫，微臣不愿女儿背负不白之名！"洛翎道。

白穆扫了一眼洛秋容，见她安坐着，垂着眼，却不难看出眼底一片平静。洛翎胸有成竹，洛秋容沉着淡定，莫非……是她猜错了？

今日她如此针对洛秋容，只因为有了一个大胆的猜测。

倘若商少君并非针对她，那如今需要他出手对付的，不是柳家便是洛家。可她说到底只是个"义"妹，和柳行云没有血缘关系，她有身孕，便能连累柳行云？商少君无法预知她会拉柳行云下水。况且此时除去柳行云，只会让洛氏一家独大，更难控制。

既然不是柳行云，那自然是另外一个……

可是为何偏偏拿龙胎说事？

白穆想到之前莲玥对她说的话。洛秋容与裴雪清争宠，甚至冒充裴雪清爬上了裴雪清的床。当时她就诧异，洛秋容好歹是大家士族的长女，平日傲气得很，竟为了争宠，做出这样低格的事来。

但两件事联系在一起去想，突然有了一种……微妙的契合感。

似乎只要某个猜测成立，一切都说得通了。

宫外的大夫被传入殿，颤颤巍巍地行着大礼。白穆被赐了座，冷眼瞧着，思忖着什么。

几名大夫应该是知道入宫来做什么的，事先商量过，行过礼后，便有一名大夫自请率先替贤妃拿脉。商少君自然是允了，全殿上下几十双眼睛，都落在那名民间大夫和白穆身上。

"娘娘，草民替您请脉。"那大夫跪下磕头道。

白穆略略抬眼，看了他半晌，却并未伸出手，忽而双目一转，眼神落在张御医身上，微微笑道："张御医在宫中行医数十年，乃御医院的翘首，无论是张御医的医术还是医德，如湄都是相信的。"

张御医深深鞠了一躬，白穆紧接着望向洛秋容，道："淑妃既然说那夜的茶水并无问题，而我与她各饮一杯，那淑妃您……可有胆子让张御医当场把把脉？"

洛秋容的眉眼微微一动，抬眸盯住白穆，眼神倏然深邃。

半晌沉默。

张御医欠着身子，等商少君或洛秋容的旨意。商少君却只是睨着洛秋容，并未有开口的打算。洛秋容环顾或坦然，或闪躲看着她的大臣们，看到洛翎微微皱起的眉头，眼神一顿，便继续垂下眼帘，默默地伸出了右手。

张御医见状，踱了几步上前拿脉，一时间脸色几番变换。

"不知淑妃……是否与我脉象一致？"白穆见他迟迟不语，便开口问道。

"皇上！"白穆一问，让张御医回过神来，"扑通"一声跪地仓皇道，"淑妃娘娘……淑妃娘娘的脉象看来，已有两月余的身孕！"

满殿哗然。

"皇上！此事必有蹊跷，皇上切不可听信奸人佞语！"洛翎慌忙拱手道。

"皇上！竟有人敢对后妃用药，视皇嗣为儿戏，定要严查重罚！"又一个人义愤填膺道。

看来两方又要斗一次嘴架了。

白穆扫了一眼一直沉默的柳行云，想不到柳家养的那一批人，不仅忠心，还当真有些能耐。即便柳行云身困宫中，仍旧有条不紊地接着洛家一轮再一轮的挑衅，再抓着机会便绝地反击。

只是他们争论的关键是洛秋容是否主导给白穆下药一事。

白穆估摸着她自己身上的问题，八九不离十是商少君动的手脚。而洛秋容……

三个月之前，商少君正独宠裴雪清。直至一个月前洛秋容突然潜入裴雪清的宫殿，瞒住众人与皇帝相遇，商少君才重新步入芙蓉宫，若一切是她有意为之，若她当真有了两个月的身孕，那红杏出墙与人有染的，可不是贤妃柳如湄，而是她淑妃洛秋容了。

（五）心迹

贤妃有孕一事，突然有了戏剧化的转变。民间对贤妃的唾骂戛然而止，转而大肆渲染贤妃与淑妃在宫中的针锋相对，纷纷猜测究竟是否是淑妃下药陷害贤妃。

这件事在朝堂的争吵又持续了几日，从柳派为柳行云辩护变成了洛派对洛秋容辩护，却因没有确切证据迟迟不得结果。

约莫七日后，事情终于因着贤妃月信的到来有了突破性的进展。御医再次把脉，贤妃的脉象已然恢复正常，确定并未有孕。而淑妃的脉象，始终都是两月余，并未随着时间的流逝而"药性消失"。于是，争论的声音不知不觉中小了下去，几乎所有人的眼，都盯着淑妃的肚子。

这日，离那日勤政殿殿审已经半个月。淑妃"杂事"缠身，无暇再打理后宫事务，转交给贤妃打理。一时间，向来冷清的朱雀宫人来人往，后宫大大小小的事情几乎都要过去知会一声。

白穆从未打理过类似的事情，突然间忙碌起来，直到碧朱提醒，才反应到时间过得那么快。

"阿穆，马上三个月了呢，若是淑妃当真怀有身孕，可就要显怀了，瞒不住了。"碧朱一面帮她整理送来的账目，一面低声悄悄道。

如今外头表面上仍是在怀疑为何淑妃的药效还未过去，实际私底下都在默默揣测，淑妃恐怕是当真有孕了。但若淑妃当真有孕，可不是一件小事！她不像白穆，只有个空有其名的后盾，谁也不敢明目张胆地将心中想法说出来，只是静观其变。

白穆闻言，手上的动作顿了顿，轻声道："日后不关我们的事莫要多管也莫要多说，我们做好分内的事便好。"

碧朱坚定地点头。

上次那件事的起因就是她跑去蹲墙脚听八卦，后来她被押下去关起来，直到白穆被确定不曾有孕才被放出来。虽然没有吃什么苦头，碧朱却始终觉得事情的发生或多或少跟她有点儿关系，对淑妃的事，再也不敢轻举妄动。

碧朱将账目按照月份及宫院分放好，正准备离开，想到什么又回身道："阿穆，下午陵公公来报，称皇上今夜会过来。"

碧朱一面说着，一面小心地观察白穆的神色。

这半个月皇上都不曾过来，无论是明面上还是暗地里，她也不明白是怎么回事。但只看当初皇上日日过来时白穆的心情，设身处地地想想，皇上对那件事的沉默，的确是让人伤心的。

但白穆并没有太大的反应，只是随意地"嗯"了一声，头都未抬。

碧朱还想再说点儿什么，最终只是动了动唇，便出去了。

傍晚时分，白穆像之前几个月一般，亲自下厨做了几个菜。商少君在宫人的簇拥下过来，乍一眼看见桌上的饭菜和坐在桌边的人，怔了一怔。

白穆施施然起身，行礼。

商少君屏退了宫人，关上殿门后只剩下他二人。白穆神态平和，挑商少君平日喜欢的菜往他碗里夹了些，接着沉默地吃饭。

商少君却并未动筷，斜眼睨了她半晌，才悠悠开口道："你不怪朕？"

白穆抬眉看了他一眼，只淡淡道："皇上请用膳吧。"

商少君笑了笑，有些无奈地拿起碗筷："爱妃变得越来越难以捉摸了。"

"皇上若捉摸不到臣妾心中所想，怎会利用臣妾算计淑妃？"白穆干笑着道。

洛秋容怀孕一事，她猜测必然是真的了。商少君在此前便发觉此事，却不愿轻易处理掉。设计白穆莫名怀子，在她拉扯柳行云进去后顺水推舟，让洛家以为他要对付的是柳行云，纵容洛家大肆宣扬此事。洛家恐怕万万没想到，忙活一场竟是自掘坟墓。淑妃怀子却并非龙种一事一旦确认，先前针对贤妃的舆论只会数倍增长地变成针对淑妃，洛家必然大受打击。

他算到了她出事，会在柳洛两家间掀起轩然大波；算到了洛家不会放弃打压柳家的机会，千方百计不轻易放过她；甚至算到了淑妃怀子而洛翎不知，否则不会没有早做准备。

他似乎什么都知道，什么都算得到。

现在却说她难以捉摸？

"朕让你受了委屈，是朕的不对。"商少君撂下筷子，举目看住白穆。

白穆未料到他会道歉，诧异地打量了他一眼，见他嗤笑道："朕以为你会怨朕，即便不像从前那般与朕大吵大闹，也会冷着脸不愿搭理朕。朕还准备好了说辞解释，想要哄回你。"

白穆意外地扬眉，掀起嘴角道："皇上准备了什么？臣妾想听。"

第五章 真假龙种

"你既不生气，便罢了。"商少君轻轻握住她的手，笑道。

白穆将手抽出，同样笑道："是因为皇上发现如今的白穆并非初入宫的白穆，无论什么样的说辞，都无法让您自圆其说，全身而退吧？"

对付洛家的方法千万种，一时半会儿洛家还能篡位不成？他却偏偏选择最快最猝不及防却对她伤害最大的一种。无论哪种解释，他只求最快的结果，却不在乎过程中她的感受，才是最真实的原因。

"但是……我的确不怪你。"白穆低垂着眼，继续笑道，"你捉摸不到，只因为低估了我对你的情意。"

商少君的眼神一闪，白穆抬眼望住他，眼底的暗芒闪闪烁烁，犹如湖面苍茫的波光，潋滟生姿。

"我曾不顾一切地希望你记起我们的过往，那样我牵挂的那个人就会回到我身边。后来我发现那是遥不可及的事情，我明明日夜都想着你，却仍旧要面对你的冷漠独自难过，于是我对自己说你是你、他是他，压抑自己的感情冷静地待你。再后来……"白穆自嘲一笑，"就是你刻意待我好的那一阵，原来即便你没有记起他，即便明知你或许有其他的目的，只需你那一点点温柔，还是能让我欢喜，让我心软。其实你就是他，他就是你，阿不和商少君，根本不可能分成两个人来看待。"

原来感情付出的时候情不自禁，想要收回的时候，也不由自己。

即便她再清楚，这个人不是从前的他，这个人并不爱她，这个人给不了她想要的未来，感情却不是她想放下就能放下。她仍旧担忧他的生死，在乎他的喜乐，期盼从他那里得到一星半点儿的回应。

她厌恶这样的自己，却也拿这样的自己没有办法。

"我无法改变自己，我始终惦念着你，我亦无法改变你，你始终记不起我，我只有接受现实。"白穆轻叹了口气，"你瞧，我现在甚至不得不抛弃女儿家的矜持和骄傲，不知羞耻地袒露心迹给你看个干净。"

她抬头望着商少君，笑容收敛，神色认真，专注地望着商少君："我只是想告诉你，无论你对我做什么，无论我有多么生气、多么难过，我都不会怪你，我都会原谅你。"

"在我还爱着你的时候。"

商少君惯常挂在嘴角的那一丝若有似无的笑同样消失不见，薄唇轻抿，眼眸微垂，黑色的瞳仁里清晰地映出白穆净白倔强的小脸。

"晚膳用完了，皇上可以走了。"白穆挪开眼神，抬手收拾碗筷。

正要拿筷子的手却被商少君握住。

他轻轻用力，就将白穆揽入怀里，似安抚似承诺般在她耳边轻声道："最后一次。我不会再瞒你。"

白穆反手搂住他的脖子，靠在他的肩头，低声道："只要你说，我便信。"

夏末秋初，窗外银杏树上落下今秋第一片黄叶，绯红色的夕阳斜照下，映得黄叶脉络分明，不经意间微风一扫，便游龙般旋转翩跹，飘然而下，摇曳出短暂一生的归途。

（六）求和

日子一天天地过着，宫里宫外，都发生了细微却不可小觑的改变。芙蓉宫一日比一日冷清，宫人们纷纷找机会寻借口地换去了其他宫殿；原来依附洛家而生的大小官员们，略有异心又有其他门路的，都无声无息地换了阵营。

替淑妃拿脉的御医几番推换，最后还是交给了资历最老的张御医。每日他把完脉出来，都有大小人物明问暗探地想知道把脉的结果。尽管淑妃久不出门，众人仍旧从张御医紧锁的眉头里看出一二来。

这日傍晚，朱雀宫来了名不速之客。芙蓉宫的星竹在外头求见贤妃。

白穆虽与洛秋容不和，却从来没刻意与她交恶，听到碧朱说起，便传了星竹入内。

星竹一见白穆便"扑通"跪下，哭道："奴婢参见贤妃娘娘，娘娘千岁！娘娘去救救我家小姐吧！"

白穆蹙眉。

星竹继续哭道："我家小姐已经两日不曾用膳，再这样下去，身子哪里受得住……"

白穆仍旧蹙眉，道："她不吃饭，你来求本宫有何用？"

"小姐……小姐她……"星竹抬头，哽咽道，"小姐向来固执，只称想见娘娘，否则便粒米不进。"

白穆觉着有点儿好笑。

洛秋容从入宫开始就没给她看过好脸色，如今竟拿进食来威胁她去芙蓉宫？她的生死，与她又没什么关系。

"那便随她去吧，本宫忙得很。"白穆瞥了星竹一眼，起身便打算让碧朱送客。

星竹连忙道："小姐说要见娘娘，是有些话想与娘娘讲，娘娘必然会感兴趣。"

白穆的步子顿了顿，回头望住星竹。

星竹接着道："如今娘娘在宫中的地位，只是去看小姐一眼，小姐动不到娘娘分毫的！"

白穆垂眸想了想，吩咐碧朱道："去知会皇上一声，说我去了芙蓉宫，晚膳不必过来了。"

碧朱马上机灵地心领神会，领了吩咐退下。

白穆让莲玥与她随行,去了芙蓉宫。

芙蓉宫并不如想象中落寞,宫人虽比从前少了许多,比起朱雀宫,还是热闹许多的,各个都在井井有条地做着自己的事情。

白穆看到洛秋容的时候,她正拿着剪刀在后院剪花,优雅闲适,并不是宫人口口相传的落魄模样。

毕竟是世家长女,该有的傲气与风范总是丢不掉。

"我真讨厌你。"洛秋容头都未回,准确地察觉到了白穆的出现,冷笑道。

白穆嗤笑一声,道:"彼此彼此。"

洛秋容拿着花枝转身,妆容精致,精神奕奕,看不出半点儿失意模样,扫见白穆便笑道:"我讨厌你,却并非因为你与我争宠。"

"我也无所谓你为何厌恶我,你想与我说什么,尽管说便是。"

洛秋容却不顾及白穆的话,只看着手里的花,叹息道:"都说女子心眼小,我也不例外,心眼极小,你并未做错什么,可我偏偏讨厌你,看见你不如意,我便开心得很。其实……就是因为嫉妒你。"

洛秋容巧笑轻言:"你是否觉得可笑?我堂堂洛氏长女,出身显贵,家大势大,即便沦落到了今日,也无人敢欺,却嫉妒你这个一无所有的山野丫头。"

白穆凝神,不解地望着她的笑容,明明很灿烂,夕阳下却莫名地透着一股惨淡。

"你有两位极为疼爱你的父母,可对?"洛秋容笑问。

白穆心下一跳,洛秋容又道:"看来是了。"

"你来看看。"她上前几步,拨开花丛,招呼白穆过去,并道,"星竹与你说我几日不肯进食,可对?"

白穆探身望去,花丛里是倒掉的残羹冷炙,那一片的花草已然枯萎,旁边还躺着几只虫蚁老鼠的尸体,看得白穆一阵反胃。

"饭菜是昨日中午父亲特地嘱人送来的。"洛秋容仍旧笑着,异常明媚,"你和那个宫女碧朱不过相识两年,却情同姐妹,可对?"

白穆大概明白了她要说什么,只要不是拿她爹娘说事……她默默松了口气。

"星竹自小在我身边长大,只是无论我怎样待她好,她永远胆战心惊地小姐前小姐后伺候着。喏……"她无谓地指了指花丛里的饭菜,"那饭菜,她亲自去拿回来,说试过毒才给我吃的。"

"哦,你还有名与你倾心相许的未婚夫。"洛秋容惋惜道,"可惜我始终查不出他到底是谁，否则我绝不会让你这样好过。"

明明是当着白穆的面说着嫉恨的狠话，洛秋容却说得极为坦然，并不觉得尴尬，也不以"嫉妒"为耻。

"你可想知道，我这腹中胎儿是谁的？"洛秋容扬着眉笑问。

白穆心神微微一动，想不到洛秋容竟会大方承认自己当真有了身孕。

"你与我入殿说吧。"洛秋容捧着一束剪好的鲜花，也不管白穆有没有跟着，率先入了寝殿。

白穆的确好奇洛秋容腹中的胎儿到底是谁的，没有多想便跟着进去。

寝殿还是从前的模样，殿里空无一人，洛秋容站在长桌边往花瓶里插花，抬头瞟了白穆一眼："你自己随便坐吧，反正你碰过的东西，回头我就全扔了。"

白穆嗤笑："你既讨厌我到如此境地，又何必……"

话未说完，便被洛秋容打断。

"我与他算不上青梅竹马，却也是自小相识。我十岁那年，他年方十五。"

白穆微微一怔，她见过的洛秋容，时而刁钻，时而傲慢，时而清高，却从未有过提及"他"时，脸上无法遮掩的温柔。

"我偷偷跑出家门玩耍，结果失足掉到河里，他救的我。如今我二十、他二十五，这么多年每次我与他吵架，就往水里跳，他脸色惨白地救我起来，也不敢责备我，只好什么都依着我。"洛秋容仿佛又回到了十岁的光景，脸上露出略带顽皮的笑容，"其实他都不知道，我虽养在深闺，却是识水性的。"

"我入宫那年，大雨下了三个日夜，碧波湖的湖水都漫出来了。我失足掉了进去，却没有人再救我。你不记得这件事了吧？"洛秋容看住白穆，难得的眼神温和。

白穆入宫的时候，后宫只有她一个人而已。后来选秀日期提前，白穆知晓有不少女人要入宫，与商少君吵得更加厉害。那时候碧朱就在她耳边不停地提起洛家长女如何如何，说她要小心些。结果秀女入宫当日，就传来洛秋容落水的消息，尽管还未受封，商少君却将随行的宫人统统责罚了一遍。碧朱还不屑地说那是她在给宫人一个下马威呢。

如今从洛秋容嘴里听到，却不想真相会是这个样子。

"瞧，你入宫的时候，全天下都知道你有个未婚夫婿，可事到如今都没有人知道，我爱一个人爱了十年。你说，我怎能不嫉妒你呢？"洛秋容的眼神又变得尖锐，眸光如尖刀冰冷的锋芒，笑道，"我嫉妒你有疼爱你的爹娘，嫉妒你有无话不谈的朋友，嫉妒你可以让天下人都知道你的心意，嫉妒你想哭就哭、想笑就笑、想吵闹就吵闹，无所顾忌，无所牵挂，无所担忧！嫉妒你活得比我真实洒脱，潇洒恣意！"

白穆的眉头越皱越紧，洛秋容说的这些，她不置可否。

"你找我来若只是想说这些，那我听够了，保重。"白穆转身便走。

"慢着！"洛秋容唤道，"我是想请你帮个忙。"

白穆回头，不掩脸上的讶异神色。

宫人皆知，贤妃与淑妃从来都势不两立，针锋相对，现在洛秋容竟请她帮忙？

"这件事，我一直瞒着父亲……父亲若知道，定不会饶了他。"洛秋容抚向自己的小腹，缓缓道，"本以为届时收买御医，再制造意外让孩子'早产'便可躲过一劫，不想……皇上竟知道了，还闹得天下皆知。"

洛秋容自嘲一笑："我知晓算计不过他，却也想不到这么快让他发觉。他借着洛家的势力推波助澜，让天下人唾骂你，马上矛头一转，就会变成唾骂我。洛家本就承着当年先祖让位的贤德才在民间有如此声望，我身为宫妃却与旁人私通，有了他人的孩子，这件事一旦传出去，洛家声名何在？何来脸面再在商洛立足？凭什么再做商洛第一大世家？"

白穆暗暗叹了口气："所以左相想在你显怀之前毒死你……"

"没错。我一个人的命，总比不过洛家的颜面、洛家子孙的前程来得重要。"洛秋容眼底浮起水色，却仍旧倔强地挂着笑，"身为长女，我理应深明大义，以死谢罪。可……我却舍不得，舍不得这大千世界，舍不得这秋光旖旎，更舍不得……我腹中的孩儿。"

白穆与洛秋容向来无甚交情，但同为女子，竟十分能体会她的感受。只是此时不知该以什么立场来与她说话，只默默地听着。

"我厌恶深宫，却不得不为了整个家族放弃一切入宫为妃；我厌恶人心算计，却不得不为了生存学着钩心斗角尔虞我诈；我厌恶与别的女人抢同一个男人，却不得不装作喜欢皇上的模样与人争宠；现在我受够了，我想走了。"洛秋容定睛看住白穆，神色镇定而复杂，"你可愿帮我……白穆？"

白穆乍然听见自己的名字，心下还是跳了跳，洛秋容转而笑道："整个洛家调查你那么久，也就查出你这么个名字。你放心，我走了，不会有人再帮洛家来对付你。裴雪清那个不成器的……你也瞧不上吧。"

"整个洛家调查你这么久，也就查出你这么个名字……"

白穆心下一顿，忍不住回味了一遍这句话，又迅速拉回分散的心绪，看向洛秋容。

第五章 真假龙种

洛秋容并未察觉她的异常，随手从袖间抽出一封信，递给她道："帮我放在摘星阁入门左手第二棵桃树下面，他看到了，自会来带我走。"

"你……"白穆犹疑问道，"要与他私奔？"

"想不到我竟会沦落至此，要一直以来的敌人帮自己。"洛秋容又是自嘲地笑，眸子里波光潋滟，"你可愿意帮我？"

白穆的眼神落在那封信上，干净的牛皮信封，未提一字，烛光下隐约可见其中纸笺的痕迹，黑黑白白的墨迹也透了出来，只是看不出写了什么。

犹豫不过一瞬，她接过去，塞入袖口，问道："摘星阁左手第二棵桃树下，可对？"

洛秋容未答反道："这也是你让我嫉妒的地方。"

白穆一怔。

"即便在深宫两年，几度深受迫害，你仍旧不失本性，可以相信旁人，愿意帮助旁人，即便是我这一直视你为眼中钉的敌人。"

白穆亦跟着自嘲地笑了笑："我本就不是与你们一样的人，理解不了你们的道理和逻辑。为何要因为处在你们所处的环境里，把自己变成令我自己都厌恶的人？"

白穆拿好了信，转身便走。

"你不辛苦吗？"洛秋容在她背后问道，"我知道你爱的人是宫外那个，这样日复一日漫无尽头地在宫里守着，你觉得他会出现，会带你走吗？你守得来你想要的吗？"

白穆的脚步滞了滞，并未回头，只沉声道："何必去在意结果？我知道我想要的是什么，为了我想要的拼尽全力去争取，不觉得苦，亦不觉得累，无论最后是否能得到，我尽力了，便不会后悔。"

初秋的凉风扫落几片悬在枝头的枯叶，羽毛般轻盈落地。本在深秋才灿然怒放的芙蓉花今年开得格外早，灼灼其华，却似在昭示着又一个寒冬的到来。

白穆回到朱雀宫，犹豫了许久，还是将袖里的信打开。万一这信里另有蹊跷，她也不想被算计。

"日日思君念君故，七月十五，子时。"

商洛每逢十五都会有夜市，一直持续到子时。而七月十五正是中元节，那夜不仅有夜市，为庆祝节日，城门大开，宵禁取消，的确是出逃的好时机。

白穆这样想着，心下盘算着时间，左右不过五日了。

她盯着那封信看了许久，迟疑着是否要交给莲玥让她去送，几番权衡，还是自行换了宫女装扮，亲自去了摘星阁。

第五章 真假龙种

（七）厮守

七月十五，中元节。

中元节在民间又称鬼节，传说是鬼门关大开的日子。每年这日天子祭天，百姓祭祖，民间有各种自发的请神驱鬼活动。

商少君一早便出宫祭天，白穆算着时辰，待他回来还有政事要议、奏折要批，许是没有时间过来她这边了，因此早早吃过晚饭打算早些歇息。

哪知戌时刚过，他便从侧门进来，一身富家公子的打扮，白穆还未来得及问，他便笑道："你可想出宫走走？"

白穆已经卸了妆换好了衣服，躺在榻上打算看会儿书便休息，商少君这样一问，她略作犹豫，便点头应了。

离上次出宫已经有半年，初秋与初春的风光当然迥异，但都是踏着夜色出宫，也看不太清明，同样的清凉，让白穆恍惚觉得时间似乎从未从指尖滑过。

中元节的集市比起平日的十五更加热闹，多了许多卖鬼头面具的小摊，一堆一堆的人聚在一起围观捉小鬼的舞蹈，酒楼茶馆也都十分应景地请说书先生讲些鬼怪的故事。

白穆起初还有些分神，挂记着洛秋容私奔的事情，后来故事听得上了瘾，跟着商少君一家酒楼一家酒楼地听，不亦乐乎。

"怎的这么有趣的故事我在宫中从未见过？宫中全都是些无趣的史记资料，治国之道。"白穆刚刚听完一个书生与女鬼的故事，听到书生为了女鬼与树妖大战，几乎丧命，一面感动得摘下面具鼓掌，一面埋怨道。

"这些书如何登得了大雅之堂？尽是些男欢女爱、儿女情长、英雄气短的故事，读多了会挫人心气。"商少君啜了一口茶水，幽幽道。

"为了心爱的女子拼死相救，如何是英雄气短？如何挫人心气了？难道要逃之夭夭才叫英雄，才是心气高？"白穆一到宫外就恢复几分本性，又正在兴头上，也不管宫中那一套，脱口讥讽道。

商少君无奈地睨了她一眼，替她倒了杯茶："故事而已，何必当真。"

商少君这样说，白穆更觉得一口气堵在胸口，却也不知自己在气什么，只得端杯喝茶。

　　商少君看她沉着脸喝茶，笑了笑，又道："好吧，姑且当这故事存在。首先，那书生明知对方是女鬼还心生爱慕，便是不该；其次，他明知自己一介凡夫俗子，怎打得过妖，白白送命岂不愚蠢；最后，女鬼与树妖争斗多年未果，那书生手无缚鸡之力，偏生最后除了妖，与女鬼长相厮守，哪有逻辑可言？"

　　白穆可不会听个故事想这么多，只低声道："说书先生讲书生与女鬼的爱情感动了天上的神仙，于是下凡将妖收了，再赐女鬼复生，与书生长相厮守。"

　　商少君笑得更欢了："这便更不合逻辑了。人间疾苦之人数之不尽，神仙何以偏偏被那个不自量力的书生感动？女鬼既已飘游上百年，也不在乎那一两年，书生明明可以出山，寻来懂得道法之人助他，找不到，自己学也是可行的。若当真那般深情，十年学不好，二十年呢？三十年呢？最后等着神仙来救，岂不是在宣扬不劳而获，挫人心气？"

　　白穆被他堵得无话可说，最后闷声道："故事而已，何必当真。"

　　商少君低笑出声，愉悦地饮着茶，不再与她争论。

　　白穆不理会他那些说辞，总归只是故事，不管是否现实，是否符合逻辑，听着故事里有那样为了爱人不顾一切的男子，至少会觉得温暖。

　　从前她在茶楼听说书，听的多半是些民间野史，前朝战事，还有些流传过来的邻国逸事，商洛民风虽然开放，但大庭广众这样宣讲爱情故事的时候，还是少之又少。

　　白穆又听了几个，时辰渐晚，酒楼准备打烊，商少君也准备回宫了。

　　白穆见离子时还有些时候，长了个心眼，特地道："今日中元，公子送我一副面具可好？"

　　自从上次谈话，两个人关系不自觉亲近许多，商少君对她几乎是有求必应。这次也不例外，他看了一眼酒楼外的人，便留下陵安，下楼买面具了。

　　白穆本是找借口拖一拖回宫的时间，或许能让洛秋容的出逃更顺利些，但商少君一去，竟去了半个时辰都未回来。她莫名地想到当初捡到他时他一身的伤和沥山之行的刺客，突然出了一身冷汗，带着陵安便四处找人。

　　已近子时，街道上仍旧人来人往，热闹不减。白穆着急地想找到人，越是着急，越觉得眼花缭乱，只觉得眼前都是戴着各种鬼头面具的人，分不清谁是谁，直到陵安扯着她的袖子兴奋道："夫人，那里。"

　　她顺着陵安所指的方向看过去，果然看见一个熟悉的背影，连忙跑了过去。

　　"商……"她拉住他的手，正要唤出口，剩下的两个字咽进了肚中。

第五章 真假龙种

手心的温度不对，身上的气息不对，虽然戴着面具，但看得到双眼，那眼神也不对。

她讷讷地放开手，抱歉道："不好意思，认错人了。"

不想那个人一手取掉面具，唤道："穆姑娘。"

白穆乍一见那个人的脸，怔了片刻。

灯火阑珊，光影闪烁，他站在她身前，面容干净，眸色剔透，隐隐的喜悦从中溢出，闪过一抹暖色，唤醒了她的记忆。

竟是慕白。

这个叫慕白的人，巧合地与她有着相似的名字，莫名其妙地出现又消失，还在不知情的时候被她利用过一次，已经有近一年未见，她几乎都已经忘记他的模样。

"穆姑娘与在下真是有缘，虽然在下并不知这穆是哪个穆。"慕白笑着拱手，有礼道。

白穆还惦念着商少君，无心与他多说，也无暇去想他为何喊她"穆姑娘"，客气地笑了笑便道："如湄还在找人，先行一步。"

"稍等。"慕白唤住她，"这玉牌，是你的吧？"

白穆一眼扫去，默默地窘了一窘。

她用来骗柳行云的玉牌，竟然真在慕白手中，那岂不是她忽悠柳行云的话，他也知道了？

似乎看出白穆的尴尬，慕白收起玉牌，转而道："在下正想找姑娘，不知姑娘是否有……"

"夫人。"

商少君阴沉沉的叫唤声恰恰传来。白穆心头一松，还未回头，便被他揽住了腰。

"原来是慕公子，久违。"

商少君笑着，白穆却觉得那笑容与最初面对慕白的笑容不太一样，藏了些说不清的敌意。

"商公子，久违。"慕白恢复了淡然的神色，拱手道。

"在下带夫人出来散散心，是时候回去了。"

"二位好走。"

两个人短暂的交谈迅速结束，商少君带着白穆离开，回宫的路上不如出宫那会儿心情愉悦，略沉着脸不知在想些什么。白穆也想着自己的事情，一直沉默不语。入了宫门后商少君径直回自己的寝宫，面色未有好转。

白穆回了朱雀宫，辗转反侧睡不着。

想的不是商少君，也不是突然出现的慕白，而是记挂了整晚的洛秋容。

若她出逃成功，会掀起怎样的轩然大波？若她出逃不成功，又会掀起怎样的轩然大波？

私奔……且是宫妃私奔，这是一个大胆到不计一切后果的念头。

但今日这宫中太安静了，安静得有些诡异。

白穆翻来覆去，最终还是换了衣服起床，打算出去看看，却不想未出门便被莲玥拦住了。

"你……你怎么……"往常这个时候，莲玥早睡下了，白穆眉头一皱，突然想到了什么，"你那日跟踪我了？"

莲玥垂着眼帘，并不答话。

"你把那封信交给商少君了？"白穆又问。

莲玥仍是不答，只淡淡道："淑妃趁夜与男子私会，被御林军抓住后拒不认罪，现在上了摘星阁。"

白穆闻言，只冷笑道："你竟如此铁石心肠！"

说着便推开莲玥的手。

莲玥却并不轻易放过她，只淡淡道："好不容易做成的局，皇上不会轻易放过洛家的。"

"那又何须让一个女子来承担？"白穆低斥，"让开，我只是过去看看。"

"娘娘，摘星阁今夜恐怕不会太平，娘娘还是待在寝殿较为稳妥。"

"让开！你有几条命来拦着本宫？"白穆怒喝。

"奴婢不敢。"莲玥跪下道。

白穆不再搭理她，绕过她的身子便奔向摘星阁。

摘星阁下，堵满了御林军。

白穆顺着他们的视线望去，便见到顶层的栏杆上，坐着一袭红衣的女子。

月正圆，月色如丝，那袭红衣迎风飘舞，像极了秋日的红枫，璀璨而耀眼。

除了御林军，还聚集了许多围观的宫人。白穆并未上妆，身上也穿得随便，一时没有人认出她来。她驾轻就熟地上塔顶，歇都未歇，上去才发现狭窄的塔顶还有些人，近十名御林军严阵以待，星竹和芙蓉宫的宫人都跪在地上哭泣。

"小姐你先下来，有什么话我们好生与皇上说，再大的冤屈也是能洗清的，您莫要拿自己的性命开玩笑啊！"

第五章 真假龙种

星竹泣不成声，洛秋容却侧坐在栏杆上，看都未看她一眼，似乎扫到白穆的身影，眼神才闪了闪，望向她。

"你们都下去，本宫要与她说说话。"洛秋容指着白穆，从栏杆上下来了。

星竹见洛秋容终于下来，面上一喜，连忙起身，呼道："都下去，都下去！我家小姐若有什么闪失，你们担得起吗？"

白穆的气息还未平稳，顶层上的人已经都退到了楼梯间。

"关门。"洛秋容又沉声道。

门"嘎吱"一声关上。

白穆只道："并非是我……"

"你辛辛苦苦跑上来，不会就是为了对我说不是你向皇上通风报信吧？"洛秋容突然一笑，踩着月光走近，红色的衣衫衬得身形格外妖娆。

白穆正要说话，洛秋容嗤笑道："你还真是天真。"

白穆一怔。

"你以为……没有皇上的有意放纵，我会走到今天这一步？"洛秋容眼底闪着冷傲的光，"从御医诊出你有喜脉，而你抵死不认时，我便察觉到了。这世上哪有那么巧的事情，我有孕，你也莫名其妙地有孕。"

"那你……"

"我只是想看看结果而已，看看他会不会想办法救我，出面保我。"洛秋容笑道，"那封信，他收不到的。即便收到了，也不会来。从头到尾，他不曾再与我说过一句话、传过一封信。"

白穆沉默。

洛秋容道："抱歉骗了你，我只是想要一个机会，让皇上错信，容我到这摘星阁来罢了。"

白穆道："那个人既负你，你来这摘星阁寻死又有何用？"

洛秋容不答，自顾自道："你可知这摘星阁是从何而来？"

白穆只觉得她或许受的刺激太大，精神有些恍惚，顺着她的话道："略有耳闻，听说是先皇为华贵妃所建。"

"你可知晓华贵妃其人其事？"

白穆摇头。

她能将现今宫中的局势摸清已属不易，还没闲工夫去研究先皇那些过往。只知道

先皇对那位贵妃极为宠爱,除了这摘星阁,上次他们去的沥山行宫也是他不顾群臣反对为她而建。上次张太医在诊脉时也曾提到过华贵妃,她当时还好奇他的后话,想着回去问问阿碧,但杂事太多,还是抛之脑后了。

"华贵妃究竟来自哪里,其实也没人知道呢。只知她极为不喜宫中生活,皇上为了让她高兴,便建了摘星阁,站在这里,可以一眼望到宫外的人来人往。"洛秋容一眼看向阁外苍茫的夜色。

"只从这件事,你便可以估出先皇对华贵妃的宠爱吧?"洛秋容叹息道,"但华贵妃年纪轻轻就过世了,你可知为何?"

白穆仍旧摇头。

洛秋容脸上又浮现若有似无的笑意:"贵妃有喜,御医诊脉,称华贵妃已有三个月身孕。但三个月前,先皇正出征在外。贵妃坚持称自己只有两个月的身孕,却无人肯信。先皇缄默不语,只道孩子出生再说。"

所以那日张御医的欲言又止,还说重蹈覆辙什么的……是指这件事?

"孩子出生时,与御医所料的月份一致。先皇滴血验亲,结果血不相融,先皇大怒,当场下令赐死,却仍旧不舍处罚贵妃。"洛秋容的面色在月光下略显苍白,说起这段往事来,眼中有淡淡的嘲讽,"当夜华贵妃一袭红裙大笑着登上摘星阁,众目睽睽下指天起誓,一誓死去的孩子乃皇上亲生骨肉,若有妄言,死不超生;二咒害她之人子子孙孙众叛亲离,求而不得,得而不惜,永生孤苦;三誓来世若再投生为人,永不碰'情爱'二字。三誓之后,纵身跃下,当着先皇的面摔得面目全非。"

一阵夜风刮过,白穆只觉得心惊胆战,从不曾想过,那传闻里备受宠爱的华贵妃,竟会有这样一个惨烈的故事。

"那之后,尽管没有证据,但所有人都相信是有人陷害华贵妃,直到多年后,一名宫女临死前留下遗书,称当年收人钱财,在滴血验亲的水里动了手脚。"

"你想效仿她,以死明志?"白穆问道。

洛秋容笑道:"其实那日我也未尽数骗你。本来只是想等他再来见我一面,等他给我一个解释,结果等来了父亲的毒。其实即便父亲不要我死,我也非死不可。"

洛秋容略略垂眼,眼角勾勒出淡淡的哀婉:"皇上已经知道这件事,我腹中胎儿是不是他的,他再清楚不过。我若借着洛家势力苟且偷生,只会让皇上逼出他,届时洛家的颜面保不住,他也保不住。"

"那你一早便知晓这件事闹大会将自己逼上死路,又何必……"

第五章 真假龙种

"这样活着又有什么意思呢？"洛秋容偏头微笑，"我比不上你。我无法在对一个人的思念里争着另一个人的宠爱，日复一日地做我自己都厌恶到极致的事情。我以为有了他的孩子，我便有了寄托。可是意识到孩子恐怕保不住的时候，我就知道我这辈子算是完了。"

洛秋容重新坐回了木栏上，猎猎长风吹起黑色的发丝、火红色的衣裙，如竞相吐蕊的烈火，烈火中一直冷静的人，却蓦然地泪如雨下。

"为什么呢……你说为什么呢……"洛秋容突然嘶声痛哭起来，"他为何负我？为何骗我？为何连我腹中胎儿都不管不顾？这十年痴心相对，竟是春秋梦一场吗？"

洛秋容一哭，整个人都摇摇欲坠，白穆一面尝试着靠近她，一面哄着她道："或许是有什么误会呢？我们一起下去找他问清楚可好？"

洛秋容使劲摇头："我若去找他只会连累他，父亲不会放过他……所有人都不会放过他……"

"那我们再想别的办法可好？路并非只有一条可走。想想孩子，他还未成形……"

"孩子又如何？有了孩子你也不愿来多看我一眼！有了孩子你也终究宁愿负我！有了孩子只是枉送一条性命！你可知道我在这宫中没有一日过得快活？你可知道我日日装病让父亲送药，只为能多见你两次？你可知道哪怕……哪怕你站出来为我多说一句话，我便死也瞑目了。"

白穆看她神色，恐怕已经有些迷糊，把她当成那个男子了，沉声道："你过来，我解释与你听可好？事情到今日这个地步，并非我心中所想，你听听我的解释可好？"

洛秋容迷惑地看着她，似乎有些动摇，转而又笑着落下泪来："事已至此，没有回头路了。洛临十岁，洛宇也不过七岁，我抱过他们，逗过他们，教过他们，看着他们长大，我不能让他们因为我这个不争气的长姐此生都抬不起头来。我无颜面对父亲，面对两位弟弟，面对洛家上下……"

白穆趁着她说话间，小心翼翼地上前，眼看就要到她身前，却被她一口喝住："你站住！你走得这样近，就不怕待会儿他们认为是你推我下去的？"

洛秋容冷笑，只是一瞬便恢复平静，擦去眼泪，高声道："星竹，进来吧。"

大门马上被打开。

星竹一见洛秋容又坐回木栏上，连忙跪地求她下来。她身后跟了一众宫人和御林军。

洛秋容一一扫过那些人，眼底的光芒骤然闪亮，单手指天："我洛家长女洛秋容在此对天起誓，一誓腹中的孩子乃子虚乌有，若有妄言，死不超生；二咒害我之人子

子孙孙众叛亲离，求而不得，得而不惜，永生孤苦；三誓，三誓……来世若再投生为人，永不碰'情爱'二字！"

她音色响亮地说完，眼神便变得空洞，眼眸轻轻一垂，便看向白穆，双唇无声地说："你看，到这一刻，他都不愿上来见我最后一面呢。"

话是笑着说出的，白穆还在凭着唇动猜测她到底说了什么的时候，她已经倾身向后。

白穆心下大惊，大步向前想要拦住她，五指却只划过柔滑的纱布，还未来得及抓住，便已飘然在空中。

那一刻她与洛秋容极近，她与她之间从未有过的距离。

近到她终于听清她的声音。

一声极低的长叹，呢喃道："这辈子……终究是无缘长相厮守。"

她的声音散去，人也随之消失在眼前。

那一抹惨烈的红，如同骄阳最后一道残光，划亮了半片天际；那一片轻盈的红，仿佛深秋穿行而来的枫叶，随着秋风勾勒出生命最后的归程；那一线艳丽的红，宛如踏月而来的最后一抹惊鸿，匆匆留下惊艳的侧影便悄然消失。

阁楼上响起星竹的失声痛哭，宫人凌乱的脚步声，御林军低沉的喝令声。白穆跪坐在地上，倚在木栏边，抬头望那银盘似的圆月，耳边那一声低喃，挥之不散。

这辈子，终究是无缘长相厮守。

第五章 真假龙种

（八）缠绵

白穆也不知自己在摘星阁的观景台上坐了多久，似乎素颜的她始终没有人认出来，于是一直没有人来搭理她。直到身子被一片暖意包裹，她才回过神来，发现自己浑身冰凉，指尖都在微微颤抖。

商少君一言不发地将她抱下了摘星阁，她始终闭眼埋在他怀里，不愿多看这个地方一眼。

但这个夜晚之后，她又开始生病，高热不退，困溺在昏睡中，分不清梦境和现实。

一会儿看见宫妃装扮的洛秋容冷眼盯着她声声说着嫉妒她；一会儿看见少女装扮的洛秋容在河岸奔跑，笑容明媚地高喊着"你来抓我呀"；一会儿看见一身红衣的洛秋容，摇摇欲坠地坐在摘星阁的顶层，苍白的脸上挂满泪痕，眼底是冷锐的恨意，说"这次你救不到我了"。话刚落地便轻巧地向后一倒，整个人落叶般翩跹落地，开出一朵血红色的花。

所有梦境的终点，都是洛秋容的那一声轻叹，带着些微释然，些微遗憾，些微笑意。

这辈子，终究是无缘长相厮守。

每每听到这句话，白穆便会从梦中惊醒。那仿佛是一句诅咒，一声预言，让她莫名胆战，心下寒凉。

每每惊醒，白日对上的是碧朱担忧的眼，夜晚对上的是商少君厚实的胸膛。他常常都是搂着她，整个身子都贴过来，或从背后环住，或从前面护住，她微微一动，他便会安抚地将她抱得更紧，或是轻轻拍打她的背。

这日她再次醒来，正好他也是清醒的，一双黑色的眼清亮得仿佛映入暗夜的星辰。两个人对视了半响，白穆才缓缓挪开眼，商少君却低声问道："你刚刚说什么？"

白穆略有怔忪，想着许是自己说了梦话，摇头。

"洛秋容最后都与你说了些什么？"商少君略略侧身，将她纳入怀中。

白穆嗅着他身上带着暖意的气息，微微闭眼，叹息道："她说，这辈子，终究是无缘长相厮守。"

话一出口，白穆便酸了鼻尖。

原来她是在怕。

她日日困在梦魇中，是在怕这句话。

怕有朝一日她也落得和洛秋容一样的下场；怕漫长的坚持与等待之后，只换来这一句无缘长相厮守。

多情女子负心郎，太后如是，淑妃如是，女子的心太小，只容得下一个男子的分量，男子的心太大，却不愿给女子一角容身之处。

商少君倾身抚摸她的眼角，她才发觉自己已经哭湿了枕巾。

"有缘与否，朕说了算。"

"有缘与否，你又何尝期盼过？"

这并不是一句诘问，而像一声轻叹、一声自嘲。他望着她，脸上不再带着惯常的笑意，眸子里细碎的光点渐渐凝聚，专注地一寸寸扫过她的眉眼，落在她眼角的泪渍上时，那光点便如燎原之火，一瞬迸发。

他忽地将她拥入怀中，仿佛夹杂着无数说不清道不明的情绪，只用力得她连呼吸都快不能。

白穆的眼泪瞬间就流下来，连连将他往外推，但毕竟男女的力道有区别，白穆哪里推得开？提起一口气便用脚踹向他，一边踹一边哭得越凶，大声道："我何尝有说错？你可曾期盼过？你何尝在乎过？你几时有过真心实意？你像待其他后宫女子那般待我，需要的时候连哄带骗，不需要的时候弃如敝屣，你觉得我很蠢、很可笑、很好利用，对不对？"

白穆无所顾忌地将枕头往商少君身上砸，本就因病昏沉的脑子哭过之后更加沉重，只觉得眼前泛白，耳畔嗡鸣，梦中压抑的委屈和恐惧一股脑地化作眼泪冲了出来。

一年多前她就是这样，成日对着商少君哭闹，她知道商少君不喜，却无法控制自己。后来她学会收敛自己的情绪，无论遇到什么事情都让自己冷静，让自己再等等，但是病中的虚弱和连日来梦魇困扰的脆弱让她顾不了那么多，想不了那么多。

"我不是你的柳湄！那么多女人你找她们！"白穆哭着将商少君往一边踢，恨不得马上把他赶走。

商少君浑身都被汗水浸透，几缕散发湿湿地搭在脸颊上，眸子里炙热的火光化成沉不见底的墨色，扣着她的手腕将她拖得转了个身："朕又何尝有负于你？你进宫至今，朕何尝动过你一块指甲一根头发！你若肯老老实实待在朱雀宫，又可会有麻烦上身！"

白穆被这么一喝，有点儿发蒙，昏沉的脑子似乎有点儿清醒，困她在梦境里的那些让人透不过气的情绪似乎也有了一丝缝隙。

第五章 真假龙种

她似乎想起点儿什么，一点儿前几天还让她有点儿小高兴的事情。

哦，想起来了。是洛秋容无意间对她说："整个洛家调查你那么久，也就查出你这么个名字。"

她仔仔细细地回味了许久。

白穆，白穆这个名字，原来不是商少君告诉她的。

当初她就因为洛秋容说出了这个名字，赌气去了摘星阁，才撞破柳轼和太后的私情，不得不陷入复杂的后宫争斗两相为难的。

原来不是商少君有意设计的。

她为这个小小的发现偷偷欢喜了几日。

原来商少君也不是那么坏的，不是只知道利用她的。

迷糊中她又听到一声叹息，温热的气息再次靠过来，拂过她的脸颊，柔软地贴在她的眼角："我知道你是谁，你呢？阿穆。"

多么温柔的声音。

白穆用力抬眼，便见到那张熟悉的脸。入鬓的长眉，深邃的双眼，英挺的鼻子，微薄的双唇，她日日想念、夜夜期盼的人。

"我是谁，阿穆？"商少君沉眼望住白穆，眸子里的微光明明暗暗，映着她略显苍白的脸。

"商少君……"白穆眸光一柔，伸手搂住他的脖子，闭眼吻住他的唇。

他是商少君。

他是闯入她生命的第一个男子，给她担忧，给她欢笑，给她眼泪，给她誓言，给她等待。

她不知道他们是否有缘长相厮守，不知道将来还要面对多少钩心斗角、尔虞我诈，不知道这砖红瓦绿的皇宫究竟容不容得人间见白头，但经历过那许多波折重重，此时此刻，他们终究还是在一起的。

恍惚中，她仿佛又看到漫天飞舞的火红色同心结。

"阿穆你看，我和你的命绑在了连理树上，再也分不开了。"

再也分不开了……

再也分不开的。

秋风钻进窗间缝隙，拂过红烛，烛光微闪，幔影绰绰。一只翠鸟停在窗棂上，清鸣几声又振翅飞去，不知何时下起绵稠的细雨，一声声地敲打在窗纸上，如同水墨作画。

不一会工夫，雨势愈大，雨点渐重，淹没了原本的画色，只留下光影逶迤，静默了一室缱绻春色。

而此时千里之外的东昭国，却是晴空万里，一轮明月挂当空。

月下女子轻衫薄裙，一杯清酒素手轻执。

与她对桌而坐的年轻男子一手持扇，一手举壶倒酒，扬着眉道："柳姑娘当年不辞辛苦，背井离乡来我东昭，如今却又想回去？"

女子抬头看那露出一角的月亮，轻笑道："月是故乡明。我若想回，公子总有法子相帮的吧？"

"法子自然有。"男子摇扇微笑，"就看柳姑娘肯不肯配合了。"

女子转眸望向他，眉眼一弯，漂亮的眸子里便盛满了月色华光："公子说笑了，只要公子能助我名正言顺地回到商洛，其中好处自不用多说。"

男子定定望着她，举杯："柳姑娘越来越聪明了。"

女子同样举杯，敛目低笑："湄儿谢公子盛赞。"

——本季完——

意林品牌书系推荐

意林女生文学·《小小姐》品牌书系 为中国女生量身打造,纯正、阳光、向上,优质女孩喜爱的文学品牌

萌灵小说系列

《悠莉宠物店I》	18.80
《悠莉宠物店II》	18.80
《悠莉宠物店III》	19.90
《悠莉宠物店IV》	19.90
《悠莉宠物店V》	19.90
《悠莉宠物店VI(大结局)上》	19.90
《封印之书·九尾狐》	19.80
《封印之书·独角兽》	19.80
《玛丽晴异闻录》	19.90
《薇妮天使旅行》	19.90
《苍岛有风①·人鱼过境》	19.90
《萌物委托社①世外萌龙天然呆》	22.80

冒险励志系列

《迷藏·海之迷雾》	18.80
《迷藏II·月影迷踪》	19.90
《迷藏III·幻梦迷城》	19.90
《花与梦旅人I》	
《花与梦旅人II》	19.90
《花与梦旅人III》	19.90
《花与梦旅人VI(大结局)》	19.90
《花与守梦人①·大公的苏醒》	19.90
《花与守梦人②·占星师的眼泪》	19.90
《萌侦探纪事I》	18.80
《萌侦探纪事II》	19.80
《萌侦探纪事III》	19.90
《萌侦探纪事IV(大结局)》	19.90
《迷宫街物语》	19.80
《艾蜜儿宇航日记》	19.90

幸福蔷薇系列

《蔷薇少女馆I》	18.80
《蔷薇少女馆II》	18.80
《蔷薇少女馆III》	19.90
《蔷薇少女馆IV》	19.90
《蔷薇少女馆V》	19.90
《蔷薇少女馆VI》	19.90

浪漫古风系列

《七寻记I》	18.80
《七寻记II》	19.90
《七寻记III》	19.90

果绿年华系列

《蝴蝶飞过旧时光》	19.80
《第一女执政官》	19.90
《风之少女琪格》	19.90
《霓裳小千金》	19.90
《两生花开时》	22.00

《风云俏萝莉》	19.90

月舞流光系列

《前方江湖请绕行》	19.90
《三色堇骑士之歌》	19.90
《守望彼岸星海》	19.90

萌淑女驾到系列

《萌淑女驾到之美女训练营》	19.80
《萌淑女驾到之天使候补生》	19.80
《萌淑女驾到之人鱼的信奉》	19.90
《萌淑女驾到之天鹅公主成人礼》	19.90

星愿大陆系列

《星愿大陆①·天命巫女》	19.90
《星愿大陆②·白银蔷薇》	19.90
《星愿大陆③·幻月手杖》	19.90
《星愿大陆④·永恒星钻》	19.90
《星愿大陆⑤·夜之王子》	19.90
《星愿大陆⑥·晨光微曦》	19.90
《星愿大陆⑦·琉光暗影》	19.90

浪漫星语系列

《处女座:完美年华初相见》	20.90
《天蝎座:假面黑桃Q》	20.90
《双子座:闯进你的孤单星球》	20.90
《巨蟹座:追梦的水晶鞋》	20.90
《天秤座:优雅走过下雨天》	20.90
《白羊座:裙摆是花开的地方》	20.90
《摩羯座:寄给青春一座城》	20.90
《双鱼座:浪漫满分灰姑娘》	20.90
《金牛座:微笑天使倔强心》	20.90
《狮子座:再会,骄傲小时光》	20.90

淑女风尚馆·气质养成系列

《我要我的淑女范儿》	18.80
《优雅女孩的秘密》	18.80
《清新森女在路上》	18.80
《俏女孩的甜美主义》	18.80

小MM迷你爱藏本

《蝴蝶停在十六岁》	18.80
《焦糖玛奇朵天使咒》	18.80
《那一年,花开半夏》	18.80
《雨季微凉时》	18.80
《只穿一天公主裙》	18.80
《月色银蔷薇》	18.80
《傲娇公主的美丽回旋》	18.80
《花田明月照年少》	18.80
《亲爱的小气鬼》	18.80
《青春如诗,静谧花开》	18.80

重磅作家系列
《薄荷香女孩》 19.80
《不说再见好吗（上）》 17.90
《不说再见好吗（下）》 17.90
《风走过树林》 17.90
《忆棠的夏天》 17.90

唯美新漫画系列
《钢琴小淑女（第一季）》 17.90
《钢琴小淑女（第二季）》 17.90
《钢琴小淑女（第三季）》 17.90
《钢琴小淑女（第四季）》 17.90
《钢琴小淑女（第五季）》 17.90
《最佳女主角（第一季）》 18.80
《七寻记·鎏金龙纹镯（漫画版）》 15.00
《七寻记·夔龙黄玉佩（漫画版）》 15.00
《天鹅座·鹅黄》 18.80
《天鹅座·柳青》 18.80
《天鹅座·冰蓝》 18.80
《天鹅座·禧红》 18.80
《天鹅座·蜜粉》 18.80
《天鹅座·浅紫》 18.80

绘色缤纷系列
《淑女绘·花的学校》 22.00
《淑女绘·童话诗人》 22.00
《淑女绘·雪花的快乐》 22.00

日光倾城系列
《巧克力色微凉青春Ⅰ》 20.90
《巧克力色微凉青春Ⅱ》 20.90
《巧克力色微凉青春Ⅲ》 20.90
《浅蓝色时光舞步Ⅰ》 20.90
《女生宿舍Ⅰ·南栀向暖》 20.90

纯美小说系列
《少女果味杂志书①：甜心草莓号》 14.80
《少女果味杂志书②：蜜桃慕斯号》 14.80
《少女果味杂志书③：焦糖布丁号》 16.80
《少女果味杂志书④：香草海绵号》 16.80
《少女果味杂志书⑤：可可森林号》 18.80
《少女果味杂志书⑥：果果米苏号》 18.80
《少女果味杂志书⑦：香橙泡芙号》 18.80
《少女果味杂志书⑧：樱桃芝士号》 18.80
《少女果味杂志书⑨：蓝莓布朗号》 18.80
《少女果味杂志书⑩：薄荷方糖号》 18.80
《少女果味杂志书⑪：樱花紫苏号》 18.80
《少女果味杂志书⑫：柠檬红茶号》 18.80
《少女果味杂志书⑬：红豆奶昔号》 18.80
《少女果味杂志书⑭：芒果西多号》 18.80

蝴蝶蓝系列
《蝴蝶蓝（第一季）·千面桃花姬》 19.90
《蝴蝶蓝（第二季）·紫莲山庄》 19.90
《蝴蝶蓝（第三季）·落跑小郡主》 19.90

班花朵朵系列
《班花朵朵①·我是艺术生》 20.90
《班花朵朵②·电影初体验》 20.90
《班花朵朵③·偶像保卫战》 20.90

现在是女生时代系列
《现在是女生时代！》 28.80
《现在是女生时代！②·我们闺蜜吧》 28.80
《现在是女生时代！③·女生都是小怪物》 28.80
《现在是女生时代！④·嗨,女孩,你好漂亮》 28.80

小MM六周年主题书
《淑女王冠》 29.80

欢乐联萌系列
《养只萌呆镇镇宅①》 19.90
《养只萌呆镇镇宅②》 19.90
《养只萌呆镇镇宅③》 19.90
《养只萌呆镇镇宅④》 19.90
《养只萌呆镇镇宅⑤》 19.90
《萌师上线，顽徒请签收①》 19.90
《千金当道（一）》 19.90

天使在身边系列
《路过心上的哈士奇》 20.90
《当心！浣熊出没》 20.90
《萌动之森①·雪地精灵伶鼬》 20.90

公主天下系列
《清河公主·洙宛传》 22.80

小MM花漾青春版
《少女说①·花醒了》 22.80
《少女说②·青春里的不速之客》 22.80

极致小清新系列
《女孩子的清甜小说绘①·淡白栀子号》 20.90
《女孩子的清甜小说绘②·浅草茉莉号》 20.90
《女孩子的清甜小说绘③·鸢尾蝴蝶号》 20.90
《女孩子的清甜小说绘④·冰蓝花楹号》 20.90

意林·轻文库品牌书系
倡导校园小说阅读新潮流

绘梦古风系列
《公主驾到》 23.80
《花颜错》 23.80
《山寨世家》 23.80
《倾世迷迭书》 23.80
《凤九卿（一）》 23.80
《凤九卿（二）》 23.80
《凤九卿（三）》 23.80
《凤九卿（四）》 23.80
《凤九卿（五）》 24.80

书名	价格	书名	价格
《凤九卿（六）》	24.80	《御灵骑士团·诺茵与彩狸》	23.80
《美人千千泪西楼》	23.80	《逆世界之瞳》	23.80
《郡主驾到·壹》	24.00	《玫瑰帝国·荆棘鸟之冠》	25.80
《郡主驾到·贰》	24.00	《玫瑰帝国·黑羽蝶之翼》	25.00
《木兰帝（上）》	23.80	《玫瑰帝国·白蔷薇之祭》	26.80
《木兰帝（下）》	23.80	**暗影迷踪系列**	
《俏娇小仙闹皇宫》	23.80	《终极推理事件簿》	22.80
《连城赋（上）》	23.80	《超级学园探案密码》	22.00
《连城赋（下）》	23.80	**新炫武侠系列**	
《千凰令（一）凤鸣倾城》	20.80	《邻家武圣》	23.80
《千凰令（二）情牵一线》	20.80	**星光璀璨系列**	
《千凰令（三）君心不负》	20.80	《轻星球·仙女星云号》	19.80
《千凰令（四）万兽听封》	20.80	**灵气少女系列**	
恋之水晶系列		《星有灵犀遇见你》	20.80
《致淡玫瑰色的你》	22.80	《萌熊改造计划》	20.80
《宁负流年不负君》	22.80	《守护极速甜心》	20.80
《世界第一的假面殿下》	25.00	《元气星女倾城记》	20.80
《脱线萌星易容记》	25.00	《公主病》	20.80
《脱线萌星易容记Ⅱ》	25.00	《加油吧，全能少女骑士》	20.80
《指尖花凉忆成殇》	22.00	《女王当道①放开我家那棵校草》	20.80
《欢歌犹在意微醺》	22.00	**轻舞飞扬系列**	
《欢歌犹在意微醺Ⅱ》	22.00	《毛毛熊的浪漫樱花雨》	19.80
《绯色樱花圆梦纪Ⅰ》	23.80	《发梢轻绾茉莉香》	19.80
《见习保镖呆呆兽》	25.00	《迷迭香在青春里绽放》	19.80
《可可少女梦想纪》	25.00	**私人定制少女馆**	
《后天男神Ⅰ》	25.00	《恋恋星煌十二宫》	25.00
《后天男神Ⅱ》	25.00	《守护十二生辰石》	25.00
《后天男神Ⅲ》	26.80	**暖爱青春馆系列**	
《世界第一的公主殿下Ⅰ》	23.80	《少年北顾，唯愿君安（上）》	25.00
《世界第一的公主殿下Ⅱ》	23.80	《少年北顾，唯愿君安（下）》	25.00
《世界第一的公主殿下Ⅲ》	26.80	《若你离去，后会无期》	22.80
《挥手告别小时光》	23.80	《想你的时候，抬头微笑》	22.80
《少年住在云之彼岸》	23.80	**美少年系列**	
《我的青春，以你为名①偶像来了！》	23.80	《辰荒学院的美少年①奇异校规》	22.80
《我的青春，以你为名②蜜炼偶像》	23.80	**萌萌部落系列**	
奇幻仙境系列		《听说萌仙未满级①》	23.80
《彼渡少年与妖怪契约》	23.80	《我的江湖，不可能这么萌①》	23.80
《神典·末夜公主》	23.80		

《意林·小文学》品牌书系　　阳光阅读·快乐写作

书名	价格	书名	价格
成长物语系列		《鬼马女神捕①：绝密卧底（下）》	14.80
《艾丽鲨半成年》	19.90	《鬼马女神捕②：绝命预言（上）》	14.80
《换双翅膀飞翔》	19.90	《鬼马女神捕②：绝命预言（下）》	14.80
《琥珀青春》	19.80	《天神学院·魔女见习生》	19.90
魅力悦读系列		**动物奇缘系列**	
《程家兄妹·永不毕业的少年》	19.90	《萌兽报到，请多关照》	19.90
《逃之"妖妖"》	20.90	**五周年主题书**	
幻之星球系列		《青春，是与七个自己相遇》	26.80
《地球假日①：寻找洛神》	19.90	**独家策划系列**	
爆笑学园系列		《长大，是不期而遇的温暖》	26.80
《鬼马女神捕①：绝密卧底（上）》	14.80	《谢谢你，出现在我的青春里》	26.80